听或不听

从历史典故体察人生进退

朱成/著

SPM 南方出版传媒、广东经济出版社
·广州·

图书在版编目（CIP）数据

听或不听：从历史典故体察人生进退 / 朱成著. —广州：广东经济出版社，2021.9
ISBN 978-7-5454-7776-4

Ⅰ. ①听… Ⅱ. ①朱… Ⅲ. ①历史故事—作品集—世界 Ⅳ. ①I14

中国版本图书馆CIP数据核字（2021）第093160号

责任编辑：毛一飞
责任校对：罗玉琪
责任技编：陆俊帆
封面设计：友间文化

听或不听：从历史典故体察人生进退
TING HUO BUTING：CONG LISHI DIANGU TICHA RENSHENG JINTUI

出版人	李　鹏
出　版 发　行	广东经济出版社（广州市环市东路水荫路11号11～12楼）
经　销	全国新华书店
印　刷	恒美印务（广州）有限公司 （广州市南沙经济技术开发区环市大道南路334号）
开　本	880毫米×1230毫米　1/32
印　张	8
字　数	201千字
版　次	2021年9月第1版
印　次	2021年9月第1次
书　号	ISBN 978-7-5454-7776-4
定　价	48.00元

图书营销中心地址：广州市环市东路水荫路11号11楼
电话：（020）87393830 邮政编码：510075
如发现印装质量问题，影响阅读，请与本社联系
广东经济出版社常年法律顾问：胡志海律师

前言
PREFACE

笔者打小就喜欢读史（严格说是看历史故事书，还不是正统历史书，白话文的版本），尤其喜欢看《东周列国演义》（或是《东周列国志》），那时还不知有《史记》呢。印象特别深的，是读小学时看了一部电影，片名《大刺客》，是笔者那个年代香港邵氏电影公司拍的，主角是王羽（当年他可是古装武侠动作片天王）。当时看的时候只是被武打动作吸引，后来才知道故事的背景在《东周列国演义》里就有，讲的是聂政的故事，也慢慢才知故事原来是出自《史记·刺客列传》。原来古装电影中讲述的像是有关田单复国、吴越相争、孙膑与庞涓等的故事，这些原型都出自《史记》。

等台湾的远流出版社出了一套《中国历史演义全集》，由李敖校订，笔者也就忍痛买了一套。笔者很艰辛地把整套书看了一遍，最伤脑筋的还不是半文言半白话的文体，而是古人古国古事一堆的难字，字典嘛查也不是、不查也不是，所以读来颇为辛苦。但是其中的两本却被我翻阅、画线与做心得笔记到“惨不忍睹”的地步。不为别的，就是：太好看了！

中国自汉朝以来独尊儒术，这么做的结果是天下文章就只剩下了孔孟之道、圣贤之道。然而何其有幸，前人还帮我们留下了《东周列国志》（以下简称《东周》）。何谓诸子百家？看《东周》。何谓三寸不烂之舌？看《东周》。古人是怎样劝谏君王而昏君又是怎样自取灭亡的？还是看《东周》。甚至于现代销售技巧讲的SPIN法，都能在《东周》看到相关的影子。孙武写了《孙子兵法》，那到底孙武实践过没有？看《东周》便知。孙膑与庞涓是谁砍了谁的双脚而又是谁被万箭穿心？答案在《东周》。还有，孙武跟孙膑是同一个人还是不同的两个人？（这问题我问了不下十人，没一个人知道。）他们之间有何关系？答案就在《东周》。我们高中读过“微管仲，吾其被发左衽矣”，那这故事背景是什么？我们听过“上下其手”这个成语，但你可知它本意典故出自哪呢？（同样那十位里面也没一个人知道。）还有，“齐大非偶”又是怎么来的？

等人生经历多了，方才体会出苏秦所说“吾今日乃知富贵之不可少也”；做了几年销售工作，自己老是怨叹为何总是没法成交，后来才知关键原因其实范雎早就说过，“信与不信之异也”。至于说年纪大了还要觅一口饭吃，就一定要听听百里奚是怎样跟秦穆公介绍自己的。

这些体会与心得都还是在“看故事”这个层次。等把《东周》看了又看，笔记做了再做，才忽然发现这段历史不断地提到一件事，就是做臣子的或是游说之士都会不断地劝谏君王，但是君王有时听、有时不听。偏偏这些“听或不听”如果以“蝴蝶效应”来看，当初只要有一两件——不论是听或是不听——做个反转，那我们今天的历史就会全部改写！想想看下列这些事件：

★ 齐桓公如果“不听”鲍叔牙的话而杀了管仲，后果会怎样?

★ 虞国国君如果“听”了宫之奇的话不让晋国借道，还会有“唇亡齿寒”的成语吗?

★ 秦穆公如果“不听”百里奚的话，秦国会强盛?

★ 楚平王如果“不听”费无忌之言，怎会有伍子胥过昭关?

★ 夫差若是“早听”子胥之言，又怎会有“卧薪尝胆”出现?

★ 魏惠王如果“听”了公叔痤之言或杀了卫鞅（商鞅），还会有秦国变法?

★ 秦安国君的华阳夫人如果“不听”吕不韦之言去收公子异人为子，怎会有秦王政?就更不会有秦始皇了!

《东周》的历史多是记载军国大事，涉及的人物也都是当时的诸侯臣将，但为何他们在听了某些话之后随便就做了决定?而这些决定在我们后人看来几乎全都不是理性决策!当时的知识水平跟今天相比固然还是初级阶段，所以拿我们现在普遍听过的所谓“方案比较”或“成本效益分析”等来看古人的决策模式，似乎一直停留在马斯洛所说的生理与安全需求，自我实现这件事在诸侯心中出现的比例竟然是如此之低!

既然有那么多因为听或不听而引发的故事，那就一定也有说与不说的故事参与其中。说跟听是两个人的对话，既然是两个人出场，就会有角色与权力的差别，他们之间可能平行，但更多的是有上下之分。角色与权力的差别用图1做简略说明：

在象限1，说与听这两者，皆属于位阶高层者，如古代与现代的两国君王或是国家领导人之间，两国外交往来的使者或大使之间，或是现代两家大企业的负责人等，如果他们的势力均等，说与听基本上是平行往来，没有因势力不等而引起所谓的心理压力这种情况。至于大国对小国，则归属到象限2跟象限4。

跟象限1视同等距的是象限3。大家都是市井小民与凡夫俗子，爱说爱听或是不说不听都随自己喜好，可视为八卦、可视为聊天、可视为建议、可视为多话。

中国古代历史多是以国家之间、君臣之间、战争攻伐问题所衍生的人物事件做记载而流传下来，极少是市井小民的记载，也不记和平时期人民的生活如何，故取材自历史，就发现历史多是下对上、臣对君的谏言，也就是下图象限4的区块。故本书主要探讨的就在说者与听者两方因位阶的不等所引起的对话及思考。

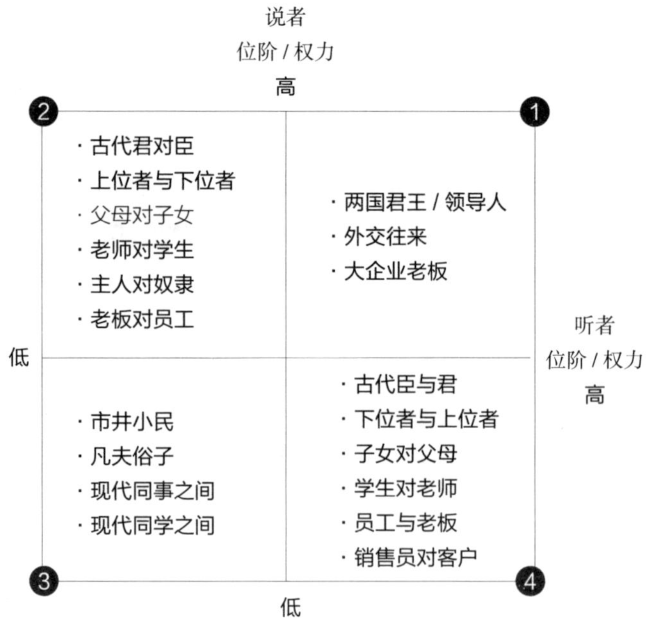

图 1　角色与权力的差别

上述这些背景就总结出本书的由来。

首先，本书以《东周》《史记》以及《资治通鉴》的部分内容为主体，参以其他书目，只为探索一个问题，那就是许多古人以及今人所做的决策，其实都不是理性决策，而仅是听了某人说的或是不听某人说的就做了决定。所谓“三思而后行”，所谓“要理智用事而不要感情用事”，都只能听听就罢，因为一旦面对重大决定，当事人就只有两种反应，那就是“听”或“不听”，没有第三条路！

其次，虽然本书指出人们做决定时只是听不听而已，但并不是说如果把听改成不听或反之，是本书作者提出的建议。不是的，本书绝无此意。本书绝非事后诸葛亮说当初要是谁听了或是不听之下，我们的历史就会完全改写。本书只是把听或不听看成一件事，而这件事却是人类在做决定时最易被干扰的因素。也就是说，本书不是告诉读者哪些要听或哪些不要听。本书只是提醒读者，你做的决定背后，其实很简单，只是你自知或不自知，是听还是不听而已！你以为你是慢想，其实你是快听而你不知罢了。

再次，其实我们都一样，做出任何重大决定都没多大的道理。若是我们听到有人讲自己拥有大众以为的成功完全是因为他努力进取、排除万难，又天纵英明，具备洞若观火的眼光，那我们就该立马走开。若一个人真能说出他成功的道理，那都是自欺欺人之语。但本书还是提出一个建议，笔者称之为“人生进退地图”。这个地图点出我们在世上所处的位置（当然有所简化且局限在上下级之间），依照不同的位置你会相应地遇到你的上级或下级（以前是说君王或臣子，现在则是领导者或被你领导的人），那么你是想让对方听你的，还是你什么都不想说也不想听，都可以！人生本来就不是有标准答案的，你想做什么样的人由你自己决定，因为听或不听全在于当事人自己。

本书所举的很多例子出自《东周》。但或许有人会说《东周》这本书不是正统史书，举例出自其中是否恰当？笔者认为，或许它并非为史家所认可的史书，但能那么写实地写出这些，相信即使要去编也要花很大力气。因此，就不去深究其内容到底是真是假了，权当我们的人生参考吧。毕竟当初司马迁或司马光写书时也没办法亲自访问当事人。

所谓“尽信书，不如无书”这句话，也对也不对。但不论对或不对，都该由读者自己去判断。本书亦然。

2020年10月

目录

CONTENTS

第三章 吴越相争，为何是越灭吴

第四章 齐桓公错在哪

第五章 不是刘邦能忍 是刘邦肯听

第六章 为何是屋大维赢了安东尼

第九章 会说与会听

第十章 人生进退

第十一章 独立思考

01

第一章

听或不听

从古到今，人生荣辱跟国家兴衰的关键，其实没有什么复杂的决策理论，关键只在当事人“听”或“不听”之后做的决定而已。

战国后期，为何是秦国统一天下？吴越相争，为何是越灭吴？楚汉相争，为何不是“力拔山兮气盖世”的项羽赢，而是一身江湖习气的刘邦创立了大汉王朝？又或者在古罗马帝国时期，为何不是恺撒的副手安东尼赢，而是小孩子屋大维赢？这些古往今来的历史事件背后真正的原因是当事人通过理性决策和成本效益分析做出了决定，还是根本就是他们听了谁或没听谁的？综观人类的历史，听，或是不听，是否才更没可能是我们人类创造历史的缘由？

《韩非子》里有个小故事，它是这么说的：[1]

> 宋国有个人跟燕王说，他可以在一根荆棘的顶尖上刻一只母猴，可是燕王必须斋戒三个月后才能看。燕王听他这么一说，想必是绝技，就给他厚厚的赏赐来等他刻好。此时，燕王宫廷负责锻炼金属的工匠对燕王说：“我听说一般君王没有连续十天不饮宴的斋戒。现在他知道大王您忍不了那么久来看他要雕刻的东西，所以才故意说要您等三个月。我们雕刻的人都知道，用来雕刻的工具一定比要雕出的成品来得小，我做冶金那么多年了，我知道不可能造出那么小的工具来完成这项工作，还希望大王您明察啊。”于是燕王把那位奇人抓来盘问，他果然是个骗子，燕王就把他杀了。冶工对燕王说：“计谋没有一个标准来衡量，游说者的话大都是在荆棘尖上作雕刻的空话。”

1　韩非子．韩非子．北京：线装书局，2014：306-307.

这个故事如当作一个个案来讨论，可从几方面来探讨。

首先说这个骗子。他胆够大，也敢赌燕王守不了三个月的斋戒，所以此赌必赢，刻不刻一只母猴根本无所谓。再加一点，看透了君王想拥有天下之至宝的心，有此虚荣心做本当必能说动燕王有一睹为快的欲望。既掌握住需求，又看穿对手毫无自制力，所以才敢赌这一把。

再来看燕王。一听有这种技术，自己从没见过，也不懂这技术要有怎样的功夫、怎样的工具以及要花多少时间方能完成，反正自己是一国之君，花多少钱根本无所谓，只要能占有享有就行。所以一听此人所说有如此神技，当即大笔一挥让他去做。但燕王也有一优点，起码他听到另一位专业人士的说明后，不会认为是中伤毁谤，而是去问对方到底能不能做到，以辨真假。求真之心倒也可敬。

最后说这冶金匠人。他一眼看穿这个骗子敢公然行骗，于是趁此机会跟燕王解释这根本就是个骗局。他一项项以理说之，再加上自己的专业背景让燕王知道他不是出于忌妒之心来拆别人的台，当然，他也知道跟君王相谏必须有所指，不然被看出是夹怨报复那后果可不堪设想。

说的人有理有据，听的人会辨真假。但是如果这位可以做出伟大艺术宝贝的人——骗子——是燕王的宠姬、爱将，那结果还会如此吗？或者说的事情不是雕刻这种物质物品，而是牵涉到太子废立，或是燕王的后妃之间钩心斗角的宫闱之事，那身为君王的下属还是要据理说明吗？其结果会是君王肯去明辨是非曲直再做定论，还是视为不顺寡人之意则逆君者亡呢？听或不听，其结果可是天差地别难以预料的。这是一种听。

有朋友在微信上传给笔者一个视频，在这把视频里说的话抄录如下：

千万别去和禽兽比输赢，如果你比赢了，你比禽兽还禽兽；如果比输了，你比禽兽还不如；如果打了平手，你和禽兽没什么区别。不要争争吵吵，其实人一晃就老；不要斤斤计较，因为属于你的时光越来越少；不要抱怨，因为相遇本来就是最美好；不要相互拆台，说不定哪一天就永远分开了；不要总与别人攀比，只需每天超越昨天的自己；不要忧虑太多，好好善待你自己；不要计较自己的付出与收获，因为生活它不简单，尽量简单过。

这段视频内容乍一看没什么毛病吧？对，找不出哪里不对，刚看视频时还觉得蛮好笑的，但听完之后不知重点是什么。是要我们不要去跟禽兽比呢？还是要我们简单过日子呢？这就是所谓的“心灵鸡汤”。听了毫无用处，还被巧言所惑。这也是一种听。

我在“今日头条”APP上也看到过一些视频，像是餐厅的员工一早在店外做操、喊口号，或是某家公司员工一早在马路边上大吼“我要做到××业绩……”。我猜想要么是这家企业找了一位“魔鬼训练”[2]的顾问，诓说可以激发员工潜能，帮企业创造几倍甚至几十倍的增长；要么是这个老板不知从哪听来有这个方法可以用来激励员工，所以学其表象，目的也是要冲爆业绩，将所谓的成功学拿来做自我催眠话术用。不要小看这种魔鬼训练，它如今有多种变体，连美国顶尖教授也遇到过这种“竞争者”。

鲁梅尔特教授在其《好策略，坏策略》中提到他遇到的一位企业主的经过。[3]这家企业是为企业客户提供客制图像服务的，执行长在听完教授的演说后邀请鲁梅尔特教授和他的管理团队一起研究“策略性思考”。这位执行长的目标很简单，他称为“20/20”计划，营业额每年增长20%，获利率也增长20%。教授问执行长，除了这两个外，是否想过“策略要素”？他的回答就是营业额、成本与毛利的预估。（读者有没有觉得很熟悉？）由于这位执行长曾经是美式足球运动员，他对获胜的看法是实力与技巧，还有最重要的“求胜的意志力”，这股力量是驱动成功的关键。但鲁梅尔特教授不这样认为，他给执行长的建议是“去了解客户、竞争者以及现存的机会，再仔细检查业务范畴可做哪些改变；提出适当的问题，再拟出最吸引人的策略。”这位执行长谢过鲁梅尔特教授，然后另请高明来协助他达成他的梦想，新请的顾问要大家想的是“比现在大上一倍”。（读者有没有更熟悉了？）鲁梅尔特教授很庆幸自己可以去忙其他的事。

2　作者注：魔鬼训练起码有50多年的历史，源自欧美和日本，曾经轰动一时。

3　鲁梅尔特．好策略，坏策略．陈盈如，译．台北：天下文化，2013：64-70.

这位企业主听了能让他快速成长的、舍弃稳扎稳打的建议。究其原因，是这位企业主心中念兹在兹的就是让企业飞速成长，而让企业飞速成长的方法是否可行、是否合理，他一概不论。切中他的心意，他就疯狂投入。他是在满足他的内心渴望。这是另一种听。

听，还是不听？

听，按本书所指，是指听到了，且去做，这才算“听”。

听到了，没进入心坎里，当成耳边风，这是本书所谓的“不听”。

一个人听到别人的建议，或是古时候的臣子向君王“进谏”，那君王听或不听，小则会影响个人前景，大则可能导致身死国灭！

如果现在想叫一份外卖，若手机上有“大众点评”，我们可以看看有哪些好吃的。但要是没吃过怎么办？没关系，看看有哪些评价，参考别人的评价再自己做决定。那万一买来不好吃呢？你就会突然醒悟：原来有些写评价的人是“托”，那些好评可能是店家自己找人放上去的。但因为金额也不大，也不是不能吃，你多半会想下次点别的就是。如果真的特别难吃，你还是有招，给个“差评”就是。这种听当然也是听，但代价不大。

美食节目铺天盖地而来，就是看准人类好吃。有个网络美食频道“吃货请闭眼”，主持人老白之前是说相声的，难怪他的风格让观众乐于接受。老白每集都会介绍一家餐厅，大小贵廉皆有。主持人的特点一是他们自己花钱吃，看他们每次吃完都会秀出小票，让观众知道这不是店家招待安排的，二是吃的过程中以及吃完后，主持人都会把他的感想说出来，有褒有贬。这也是一般美食节目没有的，他不会尽说好的，不然又会给观众“托”的感觉。这两大因素相信是很多观众喜欢这节目的原因：很真实，而偏偏这是其他节目做不到的。有了这样的印象，当他们推出自己的网店，消费者对网店的接受度当然会比较高，因为听之在前，既信之，那之后的听就容易多了。先有信赖度，然后就会产生接受度。（虽然不是每次推荐的都好吃，但不影响本人对其节目的支持。）

举凡在网络上找吃的、在电商网站上购物等等都有消费者评价可参考。选电影之前可看下影评，申请学校可参考百大名校排行榜或是听学长建议。约会时拉闺蜜去可能是想要闺蜜给出个意见，但也可能是想蹭一顿。孩子还小时，父母的话必须得听，不然就是一顿胖揍。但只要身高一过临界点，就没人敢碰你了。小学生时期，基本都还是以老师说的为主，父母亲这时得靠边站。等临嫁娶之时，表面上好像是自己做主，但二老的意见却很难忽视，尤其是要二老帮你付头期款或是全款买房那就更是得听。

若是遇到影响你人生的重大决定，听或者是不听，差别可就天大地大了。

◎ 英国南海公司泡沫

查尔斯·麦凯在其著作《大癫狂》中举了几个欧洲国家

人民陷入疯狂的例子。其中的英国南海公司泡沫事件就是听或不听的一个范例。[4]

1711年，英国一位贵族创立了一家“南海公司”，一开始只是负责清偿英国陆军、海军债券以及一些短期债务，之后政府授予南海公司南海贸易的垄断权，也就是在秘鲁和墨西哥一线海域进行垄断贸易的权利。1720年1月22日，在经过议会辩论后，下议院多数人认为南海公司的方案会比英格兰银行的方案更有利于国家，于是几乎原封不动地接受了南海公司的建议。等到2月2日辩论结果揭晓，南海公司的股价疯狂飙升，从一天前的130英镑涨到了300英镑。当时下议院内只有Robert Wopule一个人大声疾呼说：“这将会是扼杀英国工商业的一次股票投机行为……在这种基础上的分红是永远做不到的。”但他的仗义执言没有得到任何回应。人们认为他是一个“失败的先知”，并把他看作是发出不祥之声的乌鸦。

5月29日，南海公司的股票涨到500英镑。四天之后，股票再度狂升到890英镑。大多数人都认为股票不会再继续升高了，于是许多人抛售套现。谁知，到了8月份，股票涨到最高点1000英镑，然后上下波动，泡沫逐渐破灭。

9月2日，股价跌到700英镑。9月13日，股价跌到400英镑。到了9月底，股价跌到135英镑。就这样，“一个神奇的泡沫飘到了不可思议的高度，它制造了令整个欧洲凝神观

4 查尔斯·麦凯．大癫狂．方霈，译．北京：民主与建设出版社，2016：33-62.

望和翘首以待的海市蜃楼，8个月的时间，它由盛而衰，啪的一声碎裂了”[5]。

这是一个不听的历史教训。

◎ 苹果公司的乔布斯

苹果公司的两位创始人，乔布斯跟沃兹尼克是从车库开始创业的，刚开始起步时，乔布斯是全职做苹果的工作，而沃兹尼克还在惠普（HP）打工。

初期，乔布斯和沃兹尼克共同参加了一个家庭计算机俱乐部。在聚会时，沃兹尼克都会很自豪地向人演示他的机器，甚至将电路板设计图免费给别人看。他曾对乔布斯说：“我当初在设计Apple I时，目的就是将它作为免费资源贡献给别人。”[6]

但乔布斯可不这么想。他劝沃兹尼克说：“这些人根本就没意识到你设计的计算机是前所未有的，他们只会在设计图中找乐子，根本就看不到这种计算机将会改变人们的生活。”乔布斯继续说：“反正他们都没时间自己去组装一台计算机，我们还不如将做好的电路板卖给他们……那样不比他们自己设计、制造计算机方便许多吗？而且还可以让我们赚上一笔小钱。”[7]

5　查尔斯·麦凯．大癫狂．方霈，译．北京：民主与建设出版社，2016：50.

6　文娟．乔布斯全书．长春：吉林文史出版社，2017：71.

7　同上，第71–72页。

最后，沃兹尼克还是被乔布斯给说服。还有，他们赚的可不是一笔小钱。之后，沃兹尼克也离开惠普全心做苹果的工作。对乔布斯所说的，沃兹尼克几乎都听进去也都照乔布斯所说的去做。（只可惜还是有个限度。）

乔布斯另外一个高调说服人的动作就是把当时百事可乐的副总裁约翰·史考利挖到苹果去。他几乎只用一句话就让史考利招架不住："你是想卖一辈子糖水，还是跟着我们改变世界？"

谁也不能对这句话产生抗体。史考利当然也不行。只可惜他们的蜜月期如此之短，最后史考利还把乔布斯"请出"苹果！（当然，乔布斯又回去苹果，史考利也离开了，这才有现在我们所熟悉的iPhone的世界。）

◎ 麦当劳如何变成今天的麦当劳？

创办麦当劳餐厅的是麦当劳兄弟俩，但打造今日麦当劳全球快餐连锁王国的却是雷·克洛克。是克洛克把金色大M从美国小镇带到全世界的。克洛克看到这两兄弟的成绩，对麦当劳的未来充满信心和希望。克洛克对这两兄弟说："我去过全国很多家餐厅，但从未见过像你们的店一样有发展潜力的，为什么你们不考虑开一系列同样的连锁店呢？……愿意和我一起实施这个伟大计划吗？"[8]

---

8 李延龙．麦当劳传奇．北京：中国铁道出版社，2012：39.

一阵沉默之后，兄弟俩告诉克洛克，他们享受目前的生活，开更多的餐厅就意味着会有更多的麻烦，他们只想像现在一样享受当下的生活。

克洛克坐在那，脑海里马上冒出另一个决定："这样吧，我来干如何？"[9]

麦当劳兄弟俩答应了克洛克，虽然不能免于一些冲突，但连锁麦当劳企业就从此刻开启。我们也可以说是克洛克把他们两兄弟给说服了。

后面又发生一个转折，但这次却是克洛克被说服。

连锁麦当劳企业经营一段时期后，开店也还算顺利，但利润却很微薄，且自有资金有限，要大幅度扩张根本不可能。这时一位财务专家哈里·桑那本问克洛克一个问题："麦当劳属于什么行业？"这问题可把克洛克给问蒙了！当然是快餐业啊！"不对，"桑那本说，"麦当劳是经营不动产业。"他提出一个方案，就是成立特许经营房地产公司，但麦当劳自己不买土地，而是先说服土地所有人同意麦当劳在其土地上盖餐厅，他们只需要向银行借盖房子需要的钱即可，然后麦当劳再租给连锁店店主，这样一来既可赚差价又能赚经营利润，而又不必自己掏钱出来。[10]

克洛克是能说也能听。

9 李延龙．麦当劳传奇．北京：中国铁道出版社，2012：40.
10 同上，第 58 页。

◎ 日本的零利率

在2008年12月，日本由于受到全球金融危机的影响，银行的利率降到0.1%。[11]若在这时候去问日本人会把钱存在哪里，答案是日本人还是会把1/3的存款放在银行里。

对于这种情形，大前研一在其著作《低智商社会》中说，他不知说了多少遍，然而却是白费口舌，一直都没有改善的迹象，日本人对于钱的问题已经陷入不思考的状态。同时期的澳大利亚，其利率基本维持在4%的水平，这和0.1%的差距有十倍以上。虽说有汇率变动的考虑，但基本上十倍的差距是无法忽视的，把钱放在日本银行没有任何意义。[12]

不论大前研一如何大声疾呼，日本人就是习惯把1/3的存款放在银行，享受0.1%的利息。

◎ 台湾的鸿源吸金

鸿源机构吸金案是台湾于20世纪80年代发生的一起吸金案，而作者本人当时有幸看到一幅写实版的人性表现。

1982年11月，沈长声等人以投资公司的名义成立鸿源投资机构，借由提供月息四分的诱人高利，在8年间违法吸金近1000亿新台币，旗下投资人数更高达20万人，成为当时台湾最大的地下投资公司。终于在1990年，因利上滚利，加上

11　大前研一．低智商社会．千太阳，译．北京：中信出版社，2010：83.
12　同上，第84页。

实情不明的海外投资、资金大挪移，鸿源突然倒闭，造成台湾社会与经济一时间极度动荡不安。

当时笔者在台湾的军事学术单位服役，我们的办公室里面的职业军官一直在谈这个话题。两派意见都有：一说是获利高达四分，且万一你不放心，还可以到他们公司去坐镇，他们的办公室里有很多空位可以给投资人坐，让投资人监督他们。（只是不理解监督什么？）

另外一派就是说要小心那句俗话："你要人家的利，人家要你的本。"这么高的利息要靠经营什么行业才能赚超过四分利的回报？

两派意见成天空中交战，但入股的人稳定增加。笔者听到他们最常说服自己的理由是："就算会倒，我应该会先把本赚回来，怎么可能我一进去就倒呢？"很言之成理。笔者还看到几位军官向银行借款（军人低利贷款专案）来入股鸿源，后来笔者还帮一位军官从银行提钱回来。

之后鸿源的声势越来越大，他们买下一家当时台北有名的百货公司，且马上改名叫"鸿源百货"。沈长声迎娶一位香港著名女星，整天夫唱妇随，形象完美。有次他们把当时台北市内一所体育馆（中华体育馆）包下来办企业活动，但是当晚办得太开心了，他们在馆内放鞭炮，竟然引起了火灾，也不知怎么搞的火扑不下去，竟把中华体育馆给烧了！于是我们台北市民就好多年没法在市内听演唱会、参加体育活动，尤其是当年的台北市每年都会举办威廉·琼斯杯国际篮球邀请赛，笔者还是球迷呢，但经此一烧就再也不能在台北市办了！（之后改到台北县的林口体育馆，位置偏远，笔者就无缘在现场观赏比赛了。孰令致之！）

照说鸿源吸金案这么有名，大家记忆犹新，类似案件应该绝迹了吧？想得美！每隔一阵总是有类似案件发生（台湾），大家总是把别人当作白老鼠，觉得自己才是精明的“投资人”。不听就是不听。

人性的本质

◎ 只听他想听的

恺撒有句名言：“人不管是谁都无法看清现实中的一切，大多数人只希望看到自己想看到的和想要的现实而已。”[13]

笔者把这句话引申以下——人类对“听”也是一样的态度，人的本性就是爱听好听的，对不好听的就算多有道理也听不进去！所以才有这句名言“良药苦于口，忠言拂于耳”[14]。

幼儿时期，父母跟孩子说少吃冰、少吃糖，留点给弟弟妹妹吃，有多少人能做到？小学阶段可能是我们这一生中最听话的阶段。等我们越过小学，想想父母跟我们说了多少次要少看电视、少打电子游戏、少讲电话、少出去玩；多看书、

13 盐野七生．罗马人的故事VI：罗马统治下的和平．徐越，译．北京：中信出版社，2013：11.
14 韩非子．韩非子．北京：线装书局，2014：306.

多做家务。那我们是听了哪些又不听哪些了呢?

相信我们在年轻时一定听过父母教我们功课不好没关系，不学坏就好。也有很多父母跟子女说不要学抽烟，也不要喝酒。我们见过几个父母递烟给子女的? 都是在外面别人给烟的。每次看到新闻报道说某个作奸犯科的被抓了，他的父母家人多半会说这孩子小时候多乖，都是被朋友带坏的！就不知谁是第一个变坏的！

一般人离开学校就不看书了。是读书不好?还是书籍贵?还是没有好看的书?这三个理由都不成立。那为何成人几乎都不看书了?不听不去做罢了。

等进入社会工作，很多人早早就听过工作要认真、态度要积极、品行要端正。在公司里也一定听过开会时要多发言，有意见不妨说出来，跟同事也要和睦相处；不要抱怨公司、不要背后批评领导、不要钩心斗角……这些又有多少人做到呢?是这些话没用?不值得学?还是不愿意去做?其实又是听或不听而已。

中国人为何那么喜欢打麻将?笔者的看法是，一旦坐上牌桌，我们就可以完全自己做主，不必再听任何人的指挥了！光这一点就足以让很多人乐此不疲，连新冠肺炎流行期，我们都可以看到公安去抓打麻将的，只见四人戴着口罩打得不亦乐乎，然后公安也狠，一进去就把牌桌掀掉。

为何“自己做主”那么重要?因为有的人从小到大都是被压抑着过日子。这不许、那不许，这个不准、那个不准，郁闷坏了！小时候被老师父母管，进入社会被领导管，这辈子就是一直被管下去，没个出路。当高管又怎样？还是有老板！当大官又怎样？还有更大的官管着你。人生就这样？对。直到发现有个出口——麻将，这才是人生至乐。在牌桌上，我的牌我做主，谁都管不着！赢了是本事，输了也是我的事，你们都管不着。这种心理满足感是宏大无比的。打麻将的人都有同感：最恨有人在背后指指点点叫我打哪张！哪怕是老婆老公、父母子女、铁哥们，都给我闭嘴！因为一说话、一指点，就是把他的自主权给侵犯了。或是说明明就不该这样打，点拨他一下不行吗？就是不行！除非打牌的人开口问你打哪张，不然不论他打得多烂，你都不要开口。

◎ 巴菲特的忠告

巴菲特可谓百年来最精明的投资专家之一。每年巴菲特的午餐拍卖成交价都足以让一个普通人吃上一辈子了。全球投资人莫不奉他为投资明灯。巴菲特所说的投资秘诀早就向世人公开，但又有多少人照他说的去做呢？巴菲特的成功秘诀也不多，就简单的几点：

第一，专注时间的价值，也就是“复利”，这是最重要的投资必备利器。[15]利上滚利，日后的增值可是如雪球效应一般惊人得很。巴菲特说：“复利有点像从山上滚雪球，开始时雪球很小，但是当往下滚的时间足够长，而且雪球黏得适当紧，最后雪球会变得很大很大。”[16]

15　文娟．巴菲特全书．长春：吉林文史出版社，2017：26.
16　同上，第 35 页。

第二，要获得这项利器的回报，投资人必须得有耐心。问题就是很少人有这种耐心。长时间的坚守才能享受复利滚利的增值，但一般人在这段时间会想要获利变现，而去买车、买房，或是想投资别的，还有最麻烦的，会投资失败。只要失败一两次，之前累积的成果一夜之间就会化为乌有。

以股票来说，它当然是投资的好目标，但若是短期炒作，你不仅会失去复利效应，而且你还要多缴手续费，还有，你真的眼光独到每次都会赢吗？

第三，也是他独到的见解，就是巴菲特不关心宏观的经济形势。他认为，如果投资者购买一家杰出企业的股票并长期持有，但又去注意每一日股市的变动，是不合逻辑的。不去注意市场的变化，自己的投资组合反而会变得更有价值。[17]

跟巴菲特有关的书全球不知凡几。这三项原则也为许多人所熟知。但问题是，多少人看得进去、听得进去呢？

◎ 基金操盘手有用吗？

在金融市场，许多投资机构都吹捧他们有无敌的基金经理人，只要有他们在，一定可以获得比一般大盘都要好的绩效，并且他们有数字来证明他们的绩效。

康纳曼教授在其书《快思慢想》中举了一个他亲身经

17 文娟．巴菲特全书．长春：吉林文史出版社，2017：47.

历的例子。[18]有家大型顾问公司请他去给他们的投资专员演讲，康纳曼教授请他们提供一些数据好让他做准备。这家公司于是把他们的25名投资顾问连续8年的投资绩效提供出来。教授分析之后，得到28个相关系数，他们的平均值是0.01。换句话说，几乎是0。讲白了，这不是技术比赛，而是运气比赛。他对执行长的忠告是，他们的运气很好。

等第二天早上执行长送教授去机场，他还试图扳回一城说："我替这家公司做得很好，没有人可以把功劳从我身上拿掉。"教授微笑不语，因为他刚刚把它拿掉了。

◎ 葡萄酒的专家

每个身为专家的人都对其谋生之道无比看重，当然这很容易理解，笔者也如是，不然还怎么活呢！譬如葡萄酒品评专家，他们尝一下酒就能把酒香酒味说得头头是道，还能预测出这酒日后好卖与否，让我们这些门外汉佩服不已。直到笔者看到两本书都提到一件事之后，笔者对"专家"一词开始动摇。

话说普林斯顿经济学家Orley Ashenfelter是用统计学来预测葡萄酒的未来价格而不是用他的味蕾。他针对某一个葡萄园、某一年份的酒，采用三个气候变项：夏天生长季节的平均温度、收成时的雨量，以及前一年冬天的总雨量。他的公式不仅可以提供正确的价格预测，还可以预测未来好几十年

18　康纳曼．快思慢想．洪兰，译．台北：天下文化，2012：284-286.

的行情。这比所谓的专家要准多了。[19]

笔者有几位校友都是酒中好友，其中一位还对葡萄酒很有研究，边听他讲起葡萄酒的故事再边喝他带来的好几种酒真是其乐无比。有次我们又小聚，正巧笔者想到这个公式背景，就心想，如果我现在说出这件事，他一定不以为然。于是我讲了，于是他不信，于是笔者又验证一次：专家们对跟他们认知不同且相反的事很难听得进去。

理智用事还是感情用事?

人都有欲望，有欲望就难免感情用事，虽然我们也希望自己能多点理智用事。春秋时，齐景公与晏婴、田穰苴的故事最能说明这个矛盾中的纠结。

◎ 齐景公、晏婴与田穰苴

齐景公时，崇尚武力，田开疆、古冶子与公孙捷三位武人挟功恃勇，自号“齐邦三杰”，横行乡里，简慢公卿，在景公面前以你我相称呼，毫无体统。但景公爱惜他们的才勇，也就姑且容忍着。当时朝中有个佞臣叫作梁丘据，专会逢迎取悦齐景公。梁丘据就一边献媚景公以巩固他得到的宠信，一边结交三杰以扩张势力。当时相国晏婴感到相当忧虑。[20]于是晏婴趁着鲁昭公来访，齐景公设宴款待，用“二

19 康纳曼．快思慢想．洪兰，译．台北：天下文化，2012：295.
20 冯梦龙，蔡元放．东周列国志．北京：人民文学出版社．1978：648-649.

桃杀三士”之计，让三杰为了表彰自己的功勋而争抢桃子，最后一一自尽，把齐国这三个隐患一下给解决了。

鲁昭公回去后，齐景公把晏婴召来问：“卿于席间，张大其词，虽然存了齐国一时体面，只恐三杰之后，难乎其继。如之奈何？”[21]齐景公是担心一下少了三员猛将，万一遇有战事，谁能抵挡呢？晏子对曰：“臣举一人，足兼三杰之用。”（一个抵三个。）景公问：“何人？”曰：“有田穰苴者，文能附众，武能威敌，真大将之才也！”

齐景公原本不想用田穰苴（用田穰苴的过程很精彩，读者可找找原文欣赏），但因为晋国和燕国联手来攻打齐国而不得不用。谁知晋军一听田穰苴来了，打都不打就溜。燕人也想快点逃走，但被田穰苴追击，斩首万余。燕人大败，只能赔款请和。等田穰苴班师回朝，齐景公亲自在郊外迎接，拜田穰苴为大司马，田穰苴这才真正掌握齐国兵权。

有一天，齐景公在宫中饮酒作乐，一直到晚上还意犹未尽，不知不觉想起晏子，就叫左右把酒宴移到晏婴家去，并叫人先去通报说他要来了。晏婴听到后，整肃仪容，以大礼守候在大门外，齐景公还没下车，就赶紧上前惊恐问道：“有哪位诸侯出事了吗？国家有变故发生吗？”齐景公当然说没有啊。晏子就说：“那君王为何半夜这个时候亲临臣下之宅呢？”齐景公当然也是好意，看到相国晏婴处理政事辛苦，齐景公不想独享乐趣，就叫人备酒备乐器来慰劳晏婴。但晏子是怎么说的呢？“夫安国家，定诸侯，臣请谋之。若

21　冯梦龙，蔡元放．东周列国志．北京：人民文学出版社．1978：651．

夫布荐席，除簠簋者，君左右自有其人，臣不敢与闻也。”[22] 齐景公本是一番好意，却被晏子硬生生给挡回来。（真是不给齐景公面子。）

齐景公讨个没趣，就命人转去大司马穰苴的府上。结果呢，一模一样，也被田穰苴挡了回来。

连续两次被臣下挡回，这时齐景公再去第三家，梁丘据家。齐景公还没到其门口，只见梁丘据又弹琴、又哼小曲地恭迎齐景公。齐景公大乐，于是君臣脱掉官服，又喝又唱直到天亮。

隔日，晏婴跟田穰苴都入朝谢罪，且谏齐景公不应该晚上到臣子家饮酒作乐。齐景公曰：“寡人无二卿，何以治吾国？无梁丘据，何以乐吾身？寡人不敢妨二卿之职，二卿亦勿与寡人之事也。”[23]

齐景公的回答，其实就是人性的显露。多少人能一辈子循规蹈矩，战战兢兢过一生？谁不是偶尔也想放纵一下，享受当下？遇到不开心的事的时候还要听人说教，这实在强人所难。如果有人能做到，那就让他们去做吧，反正跟我毫无瓜葛，他过他的日子，我过我的，互不侵犯有何不可呢？只要大事不犯错，小节出入又如何？

22　冯梦龙，蔡元放．东周列国志．北京：人民文学出版社，1978：653.
23　同上。

小节的事不是本书的重点。本书要说的是凡是碰到人生大事时，决定一生成败的关键归根究底就是当事人听或不听而已。古今中外，影响国家命运的事当然是大事；攸关个人生死的事当然是大事。后面的章节将从中国历史典故说起，来看现代的我们之所以会有今日，就是当年的先人听或不听所决定的。

02

第二章

为何是秦灭六国统一天下

春秋有五霸，战国有七雄。管仲相桓公九合诸侯；晋文公败楚师于城濮，会诸侯于践土；勾践卧薪尝胆，十年生聚，十年教训。那为何是秦灭六国、统一天下，而非齐、非楚，也非燕呢？秦又有何优势能灭六国呢？

为何是秦灭六国?

当问到“为何是秦国灭了六国，统一天下？”这个问题时，最有名的解释是宋代苏洵的一篇文章——《六国论》：

六国破灭，非兵不利，战不善，弊在赂秦。赂秦而力亏，破灭之道也。或曰：六国互丧，率赂秦耶？曰：不赂者以赂者丧，盖失强援，不能独完。故曰：弊在赂秦也。

秦以攻取之外，小则获邑，大则得城。较秦之所得，与战胜而得者，其实百倍；诸侯之所亡，与战败而亡者，其实亦百倍。则秦之所大欲，诸侯之所大患，固不在战矣。思厥先祖父，暴霜露，斩荆棘，以有尺寸之地。子孙视之不甚惜，举以予人，如弃草芥。今日割五城，明日割十城，然后得一夕安寝。起视四境，而秦兵又至矣。然则诸侯之地有限，暴秦之欲无厌，奉之弥繁，侵之愈急。故不战而强弱胜负已判矣。至于颠覆，理固宜然。古人云：“以地事秦，犹抱薪救火，薪不尽，火不灭。”此言得之。

齐人未尝赂秦，终继五国迁灭，何哉？与嬴而不助五国也。五国既丧，齐亦不免矣。燕赵之君，始有远略，能守其土，义不赂秦。是故燕虽小国而后亡，斯用兵之效也。至丹以荆卿为计，始速祸焉。赵尝五战于秦，二败而三胜。后秦击赵者再，李牧连却之。洎牧以谗诛，邯郸为郡，惜其用武而不终也。且燕赵处秦革灭殆尽之际，可谓智力孤危，战败而亡，诚不得已。向使三国各爱其地，齐人勿附于秦，刺客不行，良将犹在，则胜负之数，存亡之理，当与秦相较，或未易量。

呜呼！以赂秦之地，封天下之谋臣，以事秦之心，礼天下之奇才，并力西向，则吾恐秦人食之不得下咽也。悲夫！有如此之势，而为秦人积威之所劫，日削月割，以趋于亡。为国者无使为积威之所劫哉！

夫六国与秦皆诸侯，其势弱于秦，而犹有可以不赂而胜之之势。苟以天下之大，下而从六国破亡之故事，是又在六国下矣。

苏洵对这个问题的答案提出三个解释：

首先最关键的原因是，“赂秦” 。用割让土地来贿赂秦国。割了地，国力就愈趋微弱。那些没割地的呢？因为失去（割了地的）邻国的支持，所以也无法独自抗击秦国。

其次，特举另一大国——齐国作说明。在战国后期，齐与秦交好，这也是秦国“远交近攻”策略成功之处。当秦攻伐其他诸国时，齐国在袖手旁观。秦昭襄王时，秦刚把韩魏联军击败，占领韩魏大片土地之际，还派使节跟齐闵王说，秦在西方称西帝，齐在东方称东帝，以示尊崇。[1]齐国虽然没称帝，但之后又与宋打，又与燕打，国力自然消耗不少。等到其他国家一一被秦吞并之后，齐国才悔不当初发现轮到

1 冯梦龙，蔡元放．东周列国志．北京：人民文学出版社，1978：897.

自己了。

苏洵提出还有第三个原因，就是“秦人之积威”，也就是说秦国积累了过去的战功让其他各国感受到心理压力。秦昭襄王时，魏韩两国奉周王之命联手伐秦，秦将白起迎战，大战两国联军于伊阙，斩首二十四万，俘虏韩国大将，占领韩国二百里地；接着伐魏，又夺取魏国四百里地。最震慑人心的是在公元前260年，大将白起在长平大败赵国，并坑杀降卒四十万，让“赵王大惊，群臣无不悚惧！国中子哭其父，父哭其子，兄哭其弟，弟哭其兄，祖哭其孙，妻哭其夫，沿街满市，号痛之声不绝”[2]。不只赵国大惊，其他诸国又怎不被秦国之势所吓倒？

然而，身历其境的李斯当时就对秦王（即始皇帝）说：[3]

> 昔者秦穆公之霸，终不东并六国者，何也？诸侯尚众，周德未衰，故五伯迭兴，更尊周室。自秦孝公以来，周室卑微，诸侯相兼，关东为六国，秦之乘胜役诸侯，盖六世矣。今诸侯服秦，譬若郡县。夫以秦之强，大王之贤，由灶上骚除，足以灭诸侯，成帝业，为天下一统，此万世之一时也。今怠而不急就，诸侯复强，相聚约从，虽有黄帝之贤，不能并也。

2　冯梦龙，蔡元放．东周列国志．北京：人民文学出版社，1978：946.
3　司马迁．史记．哈尔滨：哈尔滨出版社，2017：1088.

正因有李斯此言，遂加速秦王政兼并六国之心。

苏洵的观点是从秦昭襄王时期起来看秦国为何能胜于各国并一一灭之的缘由。李斯的看法则是从穆公到孝公乃到当时，诸侯已服、周室已亡，时机恰当，不灭六国，尚待何时？

本书的观点是进一步阐释李斯所说：秦能统一天下并灭六国，是由于秦国历代以来出了几位贤君，能任用外人，并且最重要的是，用之、信之、听之，以至累积了许多年改革与进步的能量，让国力不断累积。与此同时，秦国各朝演进发展中，没有发生重大宫闱内争或被外敌侵略以致大伤元气的内或外患事。嫪毐与吕不韦之事只是小菜一碟，三两下就被秦王政给镇压下去且趁此机会拔掉吕不韦的势力。简言之：听不听与听多久，才是秦国并灭各国最关键的原因。

苏洵之说最大的盲点在于他看的时间还不够长，以致只看到后面的结果而忽视造成此结果的初因。他说各国赂秦。但赂秦是结果，那应该先问：为何各国平白无故割地给秦呢？其实是各国国力不如秦，打也打不过，所以致之。那再问，为何国力不如秦？这可就要从春秋时期齐桓公那时候说起。

齐桓公虽九合诸侯，但立太子失策，后面又出了个顷公引来鲁晋两国伐齐；[4]灵公继位，荒淫无道，诸国围齐；后

4　冯梦龙，蔡元放．东周列国志．北京：人民文学出版社，1978：501.

面庄公又被崔杼所弑……以及上文提及齐国与多国交战，齐已非秦所惧也。

晋文公败楚师，又败秦师，俨然为中原霸主。但之后三家分晋，韩赵魏再怎么强也只是当初晋国的1/3！其中最强的赵国，赵武灵王又自称主父（太上皇），结果反而饿死在沙丘宫。经长平一战后，赵国已是风中残烛。

还有吴楚越之争。吴国几乎灭楚，吴越又相争30年，越国又反败为胜，但楚、吴、越都耗尽国力很难与秦相抗衡。所以各国赂秦不能只看近，要看远。那要看多远？

关于要看多远的问题，本书采取两点作为断代起点。一个是史学家黄仁宇的“大历史”观[5]，认为历史要看大的纵深方可看出前因后果。另一个观点是以罗马帝国为例。我们对“罗马不是一天建成的”这句话耳熟能详，那罗马（帝国）到底是花了多久建成的呢？答案是自公元前753年的4月21日——罗马建国纪念日算起[6]，罗马几乎花了七八百年才有了恺撒与奥古斯都来建立真正的罗马帝国。看历史要看时间长河才看得更透彻。

基于上述这两个角度，现在来看看秦国的历史。

5　黄仁宇．放宽历史的视界．台北：允晨文化，1990.

6　盐野七生．罗马人的故事Ⅰ：罗马不是一天建成的．计丽屏，译．北京：中信出版社，2013：29.

放开我们的视野

周幽王十一年（前771年），犬戎入寇，西周亡。公元前771年，秦襄公派兵护送周平王东迁，秦襄公告辞回国。平王曰："今岐丰之地，半被犬戎侵据，卿若能驱逐犬戎，此地尽以赐卿，少酬扈从之劳。永做西藩，岂不美哉？"[7]秦襄公受命而归。于是整顿车马，三年不到，杀得犬戎七零八落，从此岐丰之地都归属秦邦，扩展千里之地，秦国遂成大国，被封为诸侯。自此，秦国正式成为周朝的诸侯国。

自秦襄公被封为诸侯，一直到秦王政灭六国，秦国一共历经多少年，有过什么大事发生呢？我们可参看表2-1看看秦国演进史。

表2-1　秦国世系

时间/公元	在位者	大事记
前771年	秦襄公	勤周难有功，被列为诸侯，周王赐以岐山（戎占）之地
前655年	秦穆公	以五羊皮自楚赎回百里奚用为上卿，百里奚又推荐蹇叔入秦
前359年	秦孝公	用商鞅，开始变法
前350年	秦孝公	迁都咸阳
前328年	秦惠文王	张仪相秦
前268年	秦昭襄王	用范雎为相
前260年	秦昭襄王	白起在长平坑杀赵降卒四十万
前257年	秦昭襄王	赐白起自裁 封吕不韦为大夫

7　冯梦龙，蔡元放．东周列国志．北京：人民文学出版社，1978：27.

（续表）

时间/公元	在位者	大事记
前249年	秦庄襄王	以吕不韦为相
前249年	秦庄襄王	东周君与诸侯谋秦，使吕不韦诛之
前237年	秦王政	相国吕不韦因嫪毐之乱而免职 因下逐客令，非秦人皆逐出秦，李斯上书谏之遂止
前235年	秦王政	吕不韦被赐死
前231年	秦王政	魏献地
前230年	秦王政	俘韩王安，灭其国，置颍川郡
前229年	秦王政	围邯郸，俘赵幽王
前227年	秦王政	燕太子使刺客荆轲以献地图为名刺秦王政 使王翦、辛胜攻燕
前225年	秦王政	王贲攻魏，引河沟灌太梁城，魏王假降
前224年	秦王政	使王翦、蒙武率军六十万击荆，俘荆王 楚将项燕立昌平君
前223年	秦王政	王翦、蒙武攻杀荆昌平君、楚将项燕 俘楚王，灭楚置郡
前222年	秦王政	使王贲攻燕辽东，俘燕王喜 攻代，俘代王嘉。置会稽郡
前221年	秦王政	王贲自燕向南攻齐，齐王建不战而降 自此，统一中国，秦王政上尊号称“皇帝”，为秦始皇帝。分天下为三十六郡

也就是说，苏洵（可能）是从公元前231年魏国献地给秦或再往前推几十年自白起坑杀赵卒起视为秦灭六国的起始时间。但本书认为应该再把这时间延伸，从公元前771年秦襄公开始，可能更有参考价值。

这个想法，在李斯写的《谏逐客书》中给此观点一个极佳的佐证。

◎ 李斯《谏逐客书》

李斯看到，且亲身经历，秦王政要把外卿都赶出秦国。李斯自己已被赶出咸阳城外，在途中写就这篇表章，假托有个机密文书，使邮吏上给秦王。此书大意如下：[8]

> 臣闻：泰山不让土壤，故能成其大；河海不择细流，故能就其深；王者不却众庶，故能明其德。昔穆公之霸也，西取繇余于戎，东得百里奚于宛，迎蹇叔于宋，求丕豹、公孙枝于晋；此五子者，不产于秦，而穆公用之，并国二十，遂霸西戎。孝公用商鞅，以定秦国之法，移风易俗，民以殷盛，国以富强，百姓乐用，诸侯亲服，获楚、魏之师，举地千里，至今治强。惠王用张仪之计，拔三川之地，西并巴、蜀，北收上郡，南取汉中，包九夷，制鄢、郢，东据成皋之险，割膏腴之壤，以散六国之从；昭王用范雎，废穰侯，逐华阳，强公室，杜私门，蚕食诸侯，使秦成帝业。四君皆赖客以成其功，客亦何负于秦哉？大王必欲逐客，客将去秦而为敌国之用，求其效忠谋于秦者，不可得矣。

李斯本意是指出秦国之所以强于其他诸侯国，关键在于能有开阔的胸襟，不拘人才来自何国，只要有本事，秦国就能让人才发挥抱负，施展才干。且秦国不吝名器，可立将相国之印授予此人。

8　冯梦龙，蔡元放．东周列国志．北京：人民文学出版社，1978：1009.

李斯并举出，秦国任用外人早自秦穆公就开始了。李斯细数自穆公用百里奚开始，孝公又用商鞅、惠文王用张仪、昭襄王用范雎，四位秦君有此四人并用之听之，遂有秦之霸业。但李斯还漏了几位：跟范雎同时期的蔡泽，为燕人；[9]正在（秦王政）当下，茅焦是齐人，李斯为楚人，李斯之后举荐的尉缭是魏人，以及尉缭的弟子王敖。[10]是这些人能为秦国所用，也是诸位秦王能听这些“外国人”的建言并将国家托付给他们，让他们尽情挥洒才华以至成就他们个人以及秦国的大业。

◎ 秦穆公用百里奚、蹇叔

百里奚本是虞国人，三十多岁才娶妻，家里贫穷。他本想去齐国求见齐襄公，但无人引荐，以致穷困潦倒，当时已年四十了！百里奚困在一小地方时遇到了蹇叔，蹇叔与百里奚相谈后，觉得以百里奚之才而如今竟困顿至此，不禁感叹真是命运弄人！于是他和百里奚结为兄弟。蹇叔家里也很贫困，于是百里奚就在村里帮人养牛，先解燃眉之急。

百里奚自己曾说过，只要一不听蹇叔之言，就会惹来杀身之祸。第一次，公孙无知弑齐襄公，立了新君，要广招人才。百里奚本想去试试，蹇叔劝他说无知是非法窃位，是不会成功的。百里奚听了蹇叔的话，才免于日后的杀身之祸。后来百里奚听说周朝王子颓喜爱牛，凡是会养牛的都可借此

9　司马迁．史记．哈尔滨：哈尔滨出版社，2017：1002.

10　冯梦龙，蔡元放．东周列国志．北京：人民文学出版社，1978：1007-1010.

有个好工作。于是百里奚就去周朝谒见王子颓，以养牛技术为晋升之路。王子颓一见百里奚后大喜，要用百里奚为家臣。等蹇叔来到周与百里奚一同谒见王子颓。见过出来后，蹇叔对百里奚说，王子颓这人，志大才疏，且他左右都是一些谗谄之人，日后必有觊觎非分的事发生，败亡之日马上就到，还是走吧，不值得留下。百里奚想想离家多年，不知妻、子如何，就听了蹇叔的话，不仕王子颓，想回家看看。蹇叔说虞国有位贤臣叫宫之奇，是他的老友，正想去拜访，于是和百里奚一同回到虞国。等回去后，妻小因为家贫，已不知流落何方！

蹇叔见了宫之奇，提到百里奚的贤能，于是宫之奇就将百里奚推荐给虞公，虞公给百里奚中大夫的职位。这时蹇叔又说了，他看虞君见识狭小又刚愎自用，不是一个有为的君主。这是蹇叔第三次提意见了。那百里奚这次怎么说呢？百里奚对蹇叔说："弟久贫困，譬之鱼在陆地，急欲得勺水自濡矣！"[11]蹇叔见百里奚实在是穷久了、穷怕了，不找个事做是不行的（且又是个官位），也不忍再劝百里奚放弃，于是就跟百里奚约好，他日若有相见之机，蹇叔会在宋国的鸣鹿村定居。

于是百里奚留在国内，与宫之奇共事虞公。

之后，就发生成语"唇亡齿寒""假虞灭虢"的故事，晋献公灭了虞跟虢两个小国。当晋献公提出要借道虞国之

11 冯梦龙，蔡元放．东周列国志．北京：人民文学出版社，1978：215.

时，宫之奇谏曰不可，说这是“唇亡齿寒”的关系，但虞公不听。于是宫之奇带领全族离开虞国，但百里奚为尽忠臣之礼留了下来。等虞公见晋军来到，大势已去，不禁说声“悔不听宫之奇之谏也！”[12]正看到百里奚在旁，于是问百里奚当时怎不说呢？百里奚回答道：“大王彼时都不听宫之奇的了，还会听我的？我当时不说，正是为今日能陪在你身边以尽忠臣之礼啊。”

等晋国抓了百里奚，正好秦国与晋国联姻，就把百里奚当作陪嫁的随从给送去秦国。百里奚半途逃跑到楚国，被野人抓到，野人问他会做什么？百里奚说会养牛（有一技之长真好用），野人就让他养牛，他果真把牛养得肥壮无比。野人开心极了。这件事传到楚王的耳里。楚王把百里奚召来问，有何养牛秘诀，百里奚回说，“时其食，恤其力，心与牛而为一”。楚王一听，就说好得很，这道理用来养马也是通的，就让他在南海养马。

再回过来说秦国。当时是秦穆公与晋联姻。秦穆公见陪嫁名册里有个叫百里奚的，但却不见人，就问怎么回事。当时秦国公子絷回答说，百里奚是以前的虞臣，如今跑掉了。秦穆公问一个名叫公孙枝的，说你以前在晋，一定听过百里奚吧？他是怎样的人呢？公孙枝说：“百里奚是个贤臣，知虞公不可谏而不谏，是其智。从虞公于晋，而义不臣晋，是其忠。且其人有经世之才，但不遇其时耳！”[13]

12 冯梦龙，蔡元放．东周列国志．北京：人民文学出版社，1978：213.
13 同上，第 216 页。

于是秦穆公就想用百里奚。后得知百里奚在楚养马，就略施小技以五张羊皮把百里奚给赎回。

秦穆公本以为百里奚其人英明神武，哪知一见本人问他今年多大岁数，奚对曰：“才七十岁。”穆公不禁感叹，可惜这么老了啊。只见百里奚说：

> “使奚逐飞鸟，搏猛兽，则臣已老。若使臣坐而策国事，臣尚少也。昔吕尚年八十，钓于渭滨，文王载之以归，拜为尚父，卒定周鼎。臣今日遇君，较吕尚不更早十年乎？”[14]

秦穆公听百里奚这么一说，壮其所言，于是敛容而问百里奚，说秦国位于戎狄之处，没有参与到中原（国）诸侯之间的盟事。不知有什么可以教我的，让我这小国也不至于落后于（中原）诸侯。请指教。

只听百里奚洋洋洒洒指点秦穆公，秦穆公听完立即站起，说道：“孤之有井伯（百里奚），犹齐之得仲父（管仲）也。”秦穆公跟百里奚连说三日，没一处不到位的，于是就拜百里奚为上卿，要把国政委给百里奚。

此时百里奚对秦穆公说：“我的才华平平而已。我的朋友蹇叔才是真大才，他比我强有十倍之多。公（穆公）若真

---

14 冯梦龙，蔡元放．东周列国志．北京：人民文学出版社，1978：216-217.

想国家大治，请任用蹇叔，我愿辅佐蹇叔。”秦穆公好奇蹇叔真有如此才干？百里奚就把他当初去齐、去周还有去虞的经过说给穆公听，当初就是不听蹇叔之言才有虞国之祸。（不过笔者倒要说这焉知非福？不去虞，哪有机会来到秦呢？）

于是秦穆公又费了一番功夫把蹇叔请来，一见（听）之后果然大悦，就封蹇叔为右庶长，百里奚为左庶长，都位于上卿之列，称之“二相”。

秦穆公任用二相之后，立法教民，先教化而后刑罚；使民知尊敬其上，然后施加恩惠让百姓感恩。二相又教秦穆公抚慰雍渭两地民众，并号召戎人，讨伐不服的。等诸戎皆服从了，再等待中原有何变故发生，继齐国之后，施展德义，要想不称霸也由不得了。秦国从此大治。

所以秦穆公就此奠定强秦之良好基础。穆公为何能做到？听与不听而已。

◎ 秦孝公用商鞅

商君，名鞅，姓公孙，是卫国国君姬妾生的公子，又称卫鞅。卫鞅年轻时就喜欢刑名法术之学，侍奉魏国相国公叔痤做了中庶子。当时公叔痤知道他贤能有才，但还没向魏王推荐。赶上公叔痤得了病，魏惠王亲自去看望他，说：“你的病倘有不测，国家将怎么办呢？”公叔痤回答说：“我的中庶子卫鞅，虽然年轻，却有奇才，希望大王能把国政全交给他，由他去治理。”魏惠王听后默默无言。当魏惠王将要离开时，公叔痤屏退左右说：“大王假如不用卫鞅，就一定要杀掉他，不要让他离开国境。”魏王答应了他的要求就离去了。公叔痤召来卫鞅，道歉说：“刚才大王询问能够出任相国的人，我推荐了你，看大王的神情似乎不置可否。我当先忠于君而后考虑臣，因此劝大王假如不用你，就该把你杀了。你赶紧离开吧，不快走马上就要被捕了。”卫鞅回答说：“彼王不能用君之言任臣，又安能用君之言杀臣乎？”[15]也就没离开魏国。

惠王离开后，对左右人员说：“公叔病甚，悲乎，欲令寡人以国听卫鞅也，岂不悖哉？”[16]（惠王认为把国政交给卫鞅真是笑话！）

大夫公子卬与鞅很好，卬又向惠王推荐卫鞅，惠王还是不用！[17]

等公叔痤死后不久，卫鞅听说秦孝公下令在全国寻访有才能的人，要重整秦穆公时代的霸业，向东收复失地，于是他就西去秦国，请秦孝公的宠臣景监帮忙求见秦孝公。

秦孝公召见卫鞅，问他治国之道。卫鞅举了一堆伏羲氏、神农氏，以及尧跟舜的例子做答复，还没说完，秦孝公早已听得睡着了。事后秦孝公迁怒景监说：“你的客人是个无知妄言的家伙，这人怎么能用呢！”景监退朝后用秦孝公的话责备卫鞅。卫鞅回答：“我用尧、舜治国的方法劝说大

15 司马迁．史记．哈尔滨：哈尔滨出版社，2017：870.
16 同上。
17 冯梦龙，蔡元放．东周列国志．北京：人民文学出版社，1978：825.

王，希望他能行帝道，但他没领悟。请再安排我见一次。”景监说，国君不满意，非要等五天后才能再试。

过了五天，景监又请求秦孝公召见卫鞅。等卫鞅再见到孝公，又说一堆汤武顺天应人的事。秦孝公说卫鞅博闻强记，但古今之事不同，卫鞅所说的不适用于今日。等卫鞅出来后，只见景监早已等在宫外，问谈得如何。这次卫鞅回说："吾说君以王道，犹未当君意也。"[18]景监就不高兴了，说卫鞅不懂君王之心，他是要立竿见影有成绩的事，哪有心思去效法帝王呢？此事就算了吧！卫鞅还想再试，但景监已推荐两次，可不敢再替卫鞅说话了。

等卫鞅再问景监替他向秦王说了没，景监直说没有。卫鞅一想，就说："惜乎！君徒下求贤之令，而不能用才，鞅将去矣。"[19]景监问卫鞅要去哪呢？ 卫鞅说，六王之中，难道没有比秦王更贤能的了吗？我要去试试。景监请卫鞅再等五日，他会再去说去。

过了五天，景监陪伺秦孝公。秦孝公正在饮酒，忽然一只大鸿鸟飞过，秦孝公停杯叹惜。景监就问秦孝公为何见到飞鸟而叹惜呢？秦孝公说道："昔齐桓公有言，吾得仲父，犹飞鸿之有羽翼也。今我下令寻求贤者已过了几个月，但却没一位奇才来，就像大鸿一样，光有冲天而飞的志向，但没羽翼协助，是故叹惜啊！"景监回答秦孝公："卫鞅，自言

18 冯梦龙，蔡元放．东周列国志．北京：人民文学出版社，1978：826.
19 同上。

有帝、王、伯三术，向者述帝王之事，君以为迂远难用，今更有伯术欲献，愿君省须臾之暇，请毕其辞。”[20]秦孝公闻“伯术”二字，正中其怀。即刻命景监召卫鞅来见。

等卫鞅来了之后，秦孝公问他，你既有伯道，何不早说？ 卫鞅答道，不是我不说，只是伯者之术与帝王之术不同。帝王之道在顺民情，伯者之道，必逆民情。秦孝公立即变脸：“夫伯者之道，安在其必逆民情哉！”[21]

> 卫鞅答曰：“必须改弦更张。政不更张，不可为治……如仲父相齐，作内政而寄军令……然后知仲父为天下才也。”
>
> 孝公：“子诚有仲父之术，寡人敢不委国而听子？但不知其术安在？”
>
> 卫鞅对曰：“……必须有重赏重罚，而后民知所畏。赏罚必信，政令必行，而国不富强者，未之有也。”
>
> 孝公：“善哉，此术寡人能行之。”
>
> 卫鞅对曰：“夫富强之术，不得其人不行；得其人而任之不专，不行；任之专而惑于人言，二三其意，又不行。”
>
> 孝公又曰：“善。”
>
> 卫鞅请退。
>
> 孝公曰：“寡人正欲悉子之术，奈何遽退？”
>
> 卫鞅对曰：“愿君熟思三日，主意已决，然后臣

20　冯梦龙，蔡元放．东周列国志．北京：人民文学出版社，1978：826.
21　同上，第 827 页。

敢尽言。鞅出朝。”

景监又怪卫鞅了，说难得秦孝公愿意听下去，你不趁此多说点，怎反而要君王再等三日呢？这不是要挟吗？卫鞅回说，君王还没下决心，不这么做还会有变化。

等到明天，秦孝公派人来请卫鞅，卫鞅谢说，说好了三日后再见，还没到三日呢！景监又劝卫鞅不要这么坚持。只听卫鞅说：“吾始与君约而遂自失信，异日何以取信于君哉？”[22]景监这时就服了。

等君臣相见，彼此问答，一连三日三夜，秦孝公完全没有疲倦之色。于是拜卫鞅为左庶长，并通令下去，今后国政，都听左庶长的。有违抗者，与逆旨同。群臣（听后）肃然。

新法[23]把十家编成一什，五家编成一伍，互相监视检举，一家犯法，十家连带治罪。不告发坏人的处以腰斩的刑罚，告发坏人的与斩敌首级的同样受赏，窝藏坏人的与投降敌人的同样受罚。

新法准备就绪后，还没公布，恐怕百姓不相信，卫鞅就在国都市场的南门竖起一根三丈长的木头，跟百姓说有谁能把木头搬到北门去就赏给十金。百姓觉得这件事很奇怪，没人敢动。卫鞅见没有动静，于是又把赏金提高到五十金。就

22 冯梦龙，蔡元放．东周列国志．北京：人民文学出版社，1978：827.
23 司马迁．史记．哈尔滨：哈尔滨出版社，2017：875.

有个人出来说：“秦法素无重赏，今忽有此令，必有缘故。即使没有五十金，也多少有点奖赏吧。”[24]于是就把木头移到北门去了。此时围观的百姓挤得水泄不通。门吏立刻奔告卫鞅。卫鞅召他过来，奖励他说，你真是个良民，能听我的命令，遂赏五十金给他。并说：“吾终不失信于尔民矣。”[25]从此大家就知道左庶长令出必行。

新法在民间施行之后，秦国百姓议论纷纷，有说好的有说不好的。正当这时，太子触犯了新法。卫鞅说，新法不能顺利推行，是因为上层人触犯它。于是要依新法处罚太子。可是太子是国君的继承人，不能施以刑罚，于是就处罚了他的老师公子虔，以墨刑处罚了给他传授知识的老师公孙贾。第二天，秦国就人人都遵照新法了。

新法推行了十年，秦国百姓都非常高兴，路上没有人拾别人丢的东西占为己有，山林里也没了盗贼，家家富裕充足。人民勇于为国家打仗，不敢为私利争斗，乡村、城镇社会秩序安定。当初说新法不方便的秦国百姓又有来说新法方便的，卫鞅说这都是扰乱教化的人，于是把他们全部迁到边境去。此后，百姓再也没人敢议论新法。秦国的富强，天下没人能比。于是兴师伐楚，取商於之地，武关之外，拓地六百余里，周显王遣使命秦为方伯，于是诸侯毕贺。

是时，三晋之中只有魏国称王。当听到卫鞅被秦国所

24 冯梦龙，蔡元放．东周列国志．北京：人民文学出版社，1978：828.
25 同上。

用，叹曰："悔不听公叔痤之言也！"

国势强弱转变之兆，简单明了，皆归于听或不听而已。

◎ 秦惠文王用张仪

张仪是魏国人，曾与苏秦一道在鬼谷子处学习游说之术。

张仪自离开鬼谷子之后回到了魏国，因家中贫困，想求见魏惠王，但没见成。之后见魏兵屡败，于是和妻子离魏去楚，楚相国昭阳留他做门下客。

有次张仪跟众门客陪楚相喝酒，相国昭阳随身都携带着和氏璧，就在一次郊外宴席上，大家请楚相拿和氏璧出来给大家看看。就在传看中忽然有大鱼跃出水面，转而大雨欲来，昭阳吩咐收拾回府，但和氏璧不知传到何处。门客们怀疑张仪，说张仪贫穷，品行鄙劣，一定是他偷了相国的玉璧。于是大家就把张仪拘捕起来，严刑拷打。张仪始终没有承认，大家只好放了他。他的妻子又悲又恨地说："唉！您要是不读书游说，又怎么能受到这样的屈辱呢？"张仪对他的妻子说："吾舌尚在乎？"[26]他的妻子笑着说："尚在。"张仪说舌头在便是本钱，不愁终生困乏。等快休养好了，他又回魏国去了。

之后，苏秦已经说服了赵王而得以用合纵来抗秦，又想

---

26 冯梦龙，蔡元放．东周列国志．北京：人民文学出版社，1978：860.

到缺一个适当的人去秦国来互为呼应，于是苏秦把张仪叫来羞辱他，以激发他的意志，又使计派门客陪张仪到秦国去。一路上他拨出金币车马，让门客跟随张仪往秦出发，凡是张仪所需要的，都供给他，却不让门客说是谁援助的。于是张仪有了本金，又贿赂秦惠文王左右，替自己说好话。

此时，秦惠文王正后悔没用苏秦，听左右说张仪有才干，就召见张仪并拜为客卿，与其共同谋划。

在获悉张仪已登客卿之位后，苏秦派来的门客也要告辞离去了。到此刻张仪才知道原来这一切都是苏秦暗中相助。为感念于此，于是在苏秦有生之年，张仪都没有出一策攻赵。

等苏秦离开赵国之后，张仪知道从约之策将解，就把打算给魏国土地的承诺给撕毁。魏襄王怒，派人向秦国索地。两国为此打了一仗，秦胜，夺得魏国的蒲阳，但张仪上奏秦王，又把蒲阳还给魏。张仪用巧舌说魏王，魏王反而自动赠地给秦以示感谢。秦王大悦，遂罢公孙衍，用张仪为相。

张仪随后派人上书给楚怀王，一方面要接他妻子，一方面提到当年盗璧的不白之冤。楚怀王责备昭阳曰："张仪贤士，子何不进于先君，而迫之使为秦用也？"[27]昭阳愧无可说，回家之后发病而亡。

27　冯梦龙，蔡元放．东周列国志．北京：人民文学出版社，1978：866.

等张仪见六国伐秦不成心中暗喜。张仪就说魏哀王，哀王听之，于是秦魏通好。

又，齐愍王打败燕国，杀燕王哙（其实他是自尽），遂威震天下。秦惠文王为此担忧。而楚怀王又为“从约长”，与齐结盟，秦王就找张仪商量如何破解。张仪说他有三寸不烂之舌可使楚王跟齐绝交而与秦交好。秦王说道：“寡人听子。”[28]

张仪遂用诈计，骗楚怀王说要把当初商鞅所取得的商於六百里地还给楚王，以离间楚齐。楚怀王自然中计，还把楚相之印授给张仪。

等楚怀王知道中计，就恨死张仪，情愿用楚之地换张仪一人，不杀张仪不能泄心头之恨！

秦惠文王当然不答应，他少不了张仪。但张仪很有胆量，还敢再去楚国。张仪后来逃掉，楚王当然恨上加恨。不过张仪跟秦王说，还是不要失信于楚，让点地给楚国让两国交好。秦王应之。楚王大喜，认为张仪还是讲信用的。自此，秦王封张仪为“武信君”，让张仪施展“连衡”之术，游说列国。[29]

张仪虽用巧计，但从秦事当然为秦所说；六国听张仪不也是自己愿意的吗？秦国越强，诸侯被秦离间，不都是诸侯

28 冯梦龙，蔡元放．东周列国志．北京：人民文学出版社，1978：872.
29 同上，第 876 页。

听与不听而已，有什么可怨的呢？

◎ 秦昭襄王用范雎

如果我们觉得张仪的故事曲折，那范雎的际遇就更是惊险无比了！

范雎也是魏国人，打算为魏王做事，可是家境贫寒又没有办法筹集资金，就先在魏国中大夫须贾门下做事。

须贾为魏昭王出使到齐国办事，范雎也跟着去了。在他们见了齐襄王后，秦昭襄王发觉范雎说得头头是道，就问须贾这是何人。须贾说是他的门下。之后秦昭襄王派人私下找范雎，要留他在齐做官，范雎不敢答应，齐王更是爱惜范雎了。

之后齐王又派人给范雎送去了十斤黄金及牛肉美酒，但范雎一再推辞，最后只收下牛酒而退还金子。须贾知道了这件事，大为恼火，认为范雎必是把魏国的秘密出卖给齐国了，所以才得到这种馈赠。

等回到魏国后，须贾就把这件事报告给相国魏齐。魏齐听后大怒，认为范雎必定私通齐国，就命令左右拷打范雎，不必手软，打得范雎骨折齿断，大叫失声，闷死过去。左右说，范雎气绝了。魏齐亲自查看，说卖国贼死得好！就派人用席子把他卷了，扔在厕所里。宴饮的宾客喝醉了，轮番往范雎身上撒尿，不让范雎做个干净之鬼！但范雎命不该绝，买通看守逃回家中。又与妻商议好，自己先到他的拜把兄弟郑安平那，之后家中再假装发丧以绝人疑。范雎因而得以逃脱。

范雎之后改了名叫张禄，与郑安平一起躲在山里。过了半年，秦昭襄王派使臣王稽出使魏国。郑安平就假装当差役，侍候王稽。王稽问他："魏国可有贤人跟我一起到西边去吗？"郑安平回答说："以前有个范雎，有智有谋，可惜被相国打死了……"话未说完，王稽叹息道："惜哉！此人不到我秦国，不得展其大才！"[30]郑安平接着说："我乡里有位张禄先生，其才智不输范雎，您想见见他吗？"王稽说，可以啊。郑安平说他有仇人，不敢白天出来。王稽就叫他们夜里来好了。于是郑安平就在夜里带着范雎来拜见王稽。两个人的话还没谈完，王稽就发现范雎是个贤人，便对范雎说五日后请在三亭冈等着他。过了五日就载范雎、郑安平一起离魏去秦。

王稽辞别魏国上路，载上范雎进入了秦国国境。等进了咸阳，王稽向秦王报告了出使的情况后，趁机进言道："魏国有个张禄先生，此人是天下难得的智谋之士。他说秦王的国势危如累卵，他有对策能安定秦国，但一定要面奏不可，所以我把他载来了。"秦王说，这些说客皆好说大话，先让他住在馆舍吧。范雎只好等待秦王接见，一等就是一年多。

一日，范雎在街上闲逛，见到秦相穰侯征兵，就问他人要征伐哪国？一个老者跟范雎说，要伐齐的纲寿这个地方。

---

30 冯梦龙，蔡元放．东周列国志．北京：人民文学出版社，1978：925.

范雎说："齐兵有来犯境吗？"老者说："没有。"范雎接着问："秦与齐东西隔绝，中间还有韩魏两国。且齐不犯秦，秦奈何涉远而伐之？"

老者把范雎带到偏僻处说道："伐齐非秦王本意，因陶山在臣相封地，而纲寿又跟陶很近，所以臣相以武安君（白起）为将，伐而取之，以自广其封耳。"[31]

当时，秦昭襄王已即位三十六年。穰侯、华阳君是秦昭襄王母亲宣太后的弟弟，而泾阳君、高陵君都是秦昭襄王的同母弟弟。穰侯担任相国，华阳君、泾阳君和高陵君轮流担任将军，他们都有封地，因为宣太后的缘故，他们个人的财富甚至超过了王室。

范雎于是上书给秦王。秦王都已经把张禄忘了。等见到他的上书，就叫人召他到离宫见面。

范雎到了宫门口，他假装不知道内宫的通道，就往里走。这时恰巧秦昭襄王出来，宦官发了怒，驱赶范雎，呵斥道："大王来了！"范雎故意乱嚷着说："秦国哪里有王？秦国只有太后和穰侯罢了。"他想用这些话激怒秦昭襄王。秦昭襄王走过来，听到范雎正在与宦官争吵，也没发怒，就把范雎迎入内宫，待以上客之礼。

只见秦王屏退左右，长跪说道："先生何以幸教寡人？"

31 冯梦龙，蔡元放．东周列国志．北京：人民文学出版社，1978：926.

范雎曰："嗯嗯。"

不一会，秦王又跪在前，范雎还是一样嗯嗯。如此这样三次。

秦王说："先生卒不幸教寡人，岂以寡人为不足语耶？"

范雎对曰："非敢然也。昔者吕尚钓于渭滨耳，及遇文王，一言而拜为尚父，卒用其谋，灭商而有天下。箕子比干，身为贵戚，尽言极谏，商纣不听，或奴或诛，商遂以亡。此无他，信与不信之异也。……今臣羁旅之臣，居至疏之地，而所欲言者，皆兴亡大计，或关系人骨肉之间。不深言，则无救于秦；欲深言，则箕子比干之祸随于后，所以王三问而不敢答者，未卜王心之信不信何如耳？"[32]

秦王听完又跪请说，先生尽管直说，上到太后，下到大臣，尚望先生尽言无隐。范雎于是有胆量放开了说："秦地之险，天下莫及，其甲兵之强，天下亦莫敌。然兼并之谋不就，伯王之业不成，岂非秦之大臣，计有所失乎？"[33]

秦王侧身问："失计何在？"

范雎就直指穰侯要攻齐之不当。因为距离太远，就算打赢，也是帮了韩魏，对秦有何利益可言？为秦考虑，应该采

32　冯梦龙，蔡元放．东周列国志．北京：人民文学出版社，1978：927.
33　同上，第 928 页。

取“远交近攻”。远交以离人之欢，近攻以广我之地。自近而远，就像蚕吃叶一样，天下不就得到了吗？

秦王又问：“远交近攻之道何如？”范雎说：“远交莫如齐楚，近攻莫如韩魏；既得韩魏，齐楚能独存乎？”[34]秦王乐得鼓掌称善，即拜范雎为客卿，用其计东伐韩魏，也把白起攻打齐国的事喊停。

范雎见秦王之心已定，又进曰：“臣前居山东时，闻齐但有孟尝君，不闻有齐王；（今）闻秦但有太后、穰侯、华阳君、高陵君、泾阳君，不闻有秦王。……今太后恃国母之尊，擅行不顾者四十余年。穰侯独相秦国，华阳辅之，泾阳、高陵各立门户，私家之富，十倍于公。大王拱手而享其空名，不亦危乎？昔崔杼擅齐，卒弑庄公；李兑擅赵，终戕主父。恐千秋万岁而后，有秦国者，非王之子孙也！”[35]

秦王听后，不觉毛骨悚然，再拜范雎。次日，收穰侯相印。隔日，将华阳、高陵、泾阳三君逐出关外，再把太后安置在深宫，不许参与政事。遂以范雎为相，封应城，号为应侯。时为昭襄王四十一年（前266）。

之后，白起在长平坑杀赵卒。

秦昭襄王五十年（前257），白起被赐死、吕不韦跟子

34 冯梦龙，蔡元放．东周列国志．北京：人民文学出版社，1978：928.
35 同上，第929页。

楚回到秦国，秦王奉为客卿；郑安平降魏，秦王大怒，族灭其家。按秦法，推荐者与所推荐之人同罪。郑安平既遭族诛，范雎也该连坐。

郑安平降魏，范雎只有等待着连坐之法。但秦王却说，任用郑安平，当初是他的主意，与丞相无涉。对范雎再三抚慰，仍为丞相。秦王还怕范雎有所不安，于是下令全国，说郑安平已伏法且遭族灭，如有人再来说起此事，立刻斩首！从此没人敢再说话。秦王甚至对范雎的赏赐还比往日还多。

昭襄王五十二年（前255），王稽私通魏国，被诛，范雎愈发感到不安。有天，秦王在朝上叹惜，说武安君（白起）死，郑安平背叛，外有强敌，而内无良将，不免担忧。范雎听后，又愧又惧。正在此刻，蔡泽登场。

蔡泽，燕国人。曾在魏遇到一人唐举，善于相面。等蔡泽游历韩赵后均不得意，返回魏国后又遇到他，听唐举说起秦国近年发生的事。唐举对蔡泽说，丞相应侯（范雎）现在戒惧益甚，一定想找个办法来卸下千斤重担！就建议蔡泽往秦一试，总比困在这里要好。于是蔡泽得到唐举的资助来到咸阳。

蔡泽到咸阳旅店后，跟旅店老板说要好米饭好肉吃，等他日后当了丞相必来重谢。老板笑他讲话太狂，就跟人聊到蔡泽所说的。这话传到范雎那儿，范雎就派人往旅店找他谈话。

等见了蔡泽，看他又如此傲慢，应侯就斥责蔡泽，对话

如下：[36]

应侯："你曾扬言要取代我做秦相，可有这事？"

蔡泽回答说："有的。"

应侯："你倒说说有何本事能取我代之。"

蔡泽："您看问题怎么这么迟钝啊！一年之中春、夏、秋、冬四季更替，各自完成了它的使命就自动退去。君今日可退矣。"

应侯："我不自退，谁能退之？"

蔡泽："夫人生百体坚强，手足便利，聪明圣智，推行正道，广施恩德于天下，这难道不是圣贤豪杰所期望的吗？"

应侯："是。"

蔡泽："既已得志于天下，而安享天年，传之子孙，这岂非圣人所说的吉祥善事吗？"

应侯："是。"

蔡泽："至于秦国的商鞅，楚国的吴起，越国的大夫文种，他们功成而死于非命，君以为如何？"

应侯知道蔡泽要用这些话来堵自己的嘴，从而说服自己，便故意狡辩说："有何不可？大丈夫杀身成仁，视死如归，功在当时，名垂后世，为什么不可以呢？"

此时范雎虽然嘴硬，但也不安于坐，起立而听之。

36 司马迁．史记．哈尔滨：哈尔滨出版社，2017：971-973.

蔡泽："君主圣明，臣子贤能，这是国家的福气；父慈子孝，这是一家的福分。身为孝子的，谁不愿得慈父？为贤臣者，谁不愿得明君？比干忠而殷亡，申生孝而国乱，自己死得惨，又无益于君父，何也？其君父本就不是明且慈也。……故大丈夫之处世，身名俱全者，上也；名可传而身死者，其次也；惟名辱而身全，斯为下耳。"

这话说得范雎胸中爽快，不觉离席，移步下堂，只听他说："说得好、说得好。"

蔡泽又说："君以商君、吴起、文种为志向，那跟周公相比又如何？"

应侯："不如周公。"

蔡泽："那现今秦王跟秦孝公相比又如何？"

范雎沉吟半会说："不如也。"

蔡泽："君自认功在秦国，跟那三位大夫相比如何？"

范雎："不如也！"

蔡泽："今秦王，不如秦孝公、越王勾践，而君之功绩又不如商鞅、吴起、文种，但君今天所得之俸禄数倍于他们三人，如此看来还不思急流勇退，以保全自己。那三位大夫都还不能免祸，何况您呢？"

范雎此刻如醍醐灌顶，于是留蔡泽住下。次日就入朝跟秦王引荐蔡泽。秦王问蔡泽如何兼并六国，蔡泽从容应对，深合秦王心意，立即拜为客卿。

范雎因此告病，要归还相印，但秦王不准，范雎就称病不起。秦王于是拜蔡泽为丞相，以代范雎，范雎告老于应，得以善终。

或说昭襄王得范雎，内逐（并没杀）贵戚，外采远交近攻，皆因尽听范雎之言得以为之。强国之道不就是得贤臣而后听之，任之，焉有其他？

范雎自认为深深体会游说之术，但听蔡泽之言方才大悟，这不也是因为关己则乱吗？但范雎能听，故得善终。听与不听之理甚明矣，还有什么好怀疑的呢？

◎ 秦王政用茅焦、李斯、尉缭

秦王政，就是之后的秦始皇。到他的时代，秦国已经震慑各国，离统一天下不远了。即便如此，秦王政依旧能任用外卿，帮他走完并灭六国这最后一里。

先是嫪毐之乱，秦王政诛灭嫪毐，并将其母（太后）迁居于棫阳宫——此乃离宫中之最小者，且派三百士兵守着，进出之人都要接受盘查。太后此时如同囚犯。大夫陈忠进谏，说："天下无无母之子，宜迎归（太后）咸阳，以尽孝道。"[37]秦王政大怒，命人剥去他的衣服，捶杀之，尸首就丢在宫殿外，还下旨："有以太后事来谏者，视此！"[38]

37　冯梦龙，蔡元放．东周列国志．北京：人民文学出版社，1978：1005.

38　同上。

尽管有此必杀令，进谏的人仍络绎不绝，前后被诛杀者有二十七人。这时有个齐国人茅焦，正好来咸阳游历，闻知此事，气愤地说道："明儿一早就要入谏秦王。"同居旅店的人笑他，说："那二十七人都是大王平日亲信之人，尚且不听他们的；你一个老百姓还怕多你一个不成？"只见茅焦说："谏者自二十七人而止，则秦王遂不听矣；若二十七人而不止，王之听不听未可知也。"[39]

次日一早，茅焦饱餐一顿要去了，店老板阻止他也没用。同住的人猜他必死无疑，就开始瓜分他的行李。

茅焦真的去了秦王政宫殿。内侍听他说是来劝谏的都可怜他。秦王呢？按剑而坐，叫下人们"召狂夫来就烹！"还不是杀他那么简单，要把茅焦给煮了才甘心。茅焦见了秦王就开口说："臣闻之：'有生者不讳其死，有国者不讳其亡；讳亡者不可以得存，讳死者不可以得生。'夫生死存亡之计，明主之所究心也。不审大王欲闻之否？"[40]

此时秦王政脸色稍稍好点，就问说有何计可说说看。茅焦对曰："夫忠臣不进阿顺之言，明主不蹈狂悖之行。主有悖行而臣不言，是臣负其君也；臣有忠言而君不听，是君负其臣也。大王有逆天之悖行，而大王不自知，微臣有逆耳之忠言，而大王又不欲闻，臣恐秦国从此危矣。"[41]

39　冯梦龙，蔡元放．东周列国志．北京：人民文学出版社，1978：1006.

40　同上，第1007页。

41　同上。

秦王政呆了许久，脸色愈来愈趋于正常，于是说："子所言何事，寡人愿闻之。"茅焦接着说道："今天下所以尊秦者，非独威力使然；亦以大王为天下之雄主，忠臣烈士，毕集秦庭故也。今大王车裂假父（嫪毐），有不仁之心；囊扑两弟（嫪毐与太后所生之二子），有不友之名；迁母于棫阳宫，有不孝之行；诛戮谏士，陈尸阙下，有桀纣之治。所行如此，何以服天下乎？恐臣死之后，更无有继二十八人之后。……中外离心，诸侯将叛，惜哉。秦之帝业垂成，而败之自大王也。臣言已毕，请就烹！"[42]

只见茅焦解衣往大锅走去。秦王政慌忙走下大殿，左手扶住茅焦，右手赶紧呼唤左右把汤镬移开。茅焦又说："大王已悬榜拒谏，不烹臣，无以立信。"秦王政又叫左右收起榜文，让茅焦穿好衣服请他坐定，谢曰："前谏者，但数寡人之罪，未尝明悉存亡之计。天使先生开寡人之茅塞，寡人敢不敬听。"[43]

隔日，秦王政发驾，让茅焦驾车，亲迎太后。等见了太后，秦王政跪行，叩头大哭。又引茅焦谒见太后。秦王乃拜茅焦为太傅，官位上卿。

其间有李斯、韩非二事。李斯就是本章开头所说写下《谏逐客书》的人，秦王政看到后大悟，遂收回逐客令。李斯还入咸阳，官复原职。

42　冯梦龙，蔡元放．东周列国志．北京：人民文学出版社，1978：1007.

43　同上。

又韩非（韩国人）入秦，献书给秦王政，秦王政本想用他的，但李斯妒忌韩非之才，在秦王政跟前进谗言。韩非因此被关，后自尽。

秦王政一日与李斯议事，夸韩非之才，但可惜他已死。李斯趁机推荐尉缭，他是魏国人（又一次），深通兵法，李斯说他才干胜过韩非十倍。等秦王政接见后，秦王政大悦，尊尉缭为上客。但尉缭认为，秦王政此人，“残刻少恩，若得志，天下皆为鱼肉矣”。[44]（不幸而言中）尉缭遂不辞而去。（秦王）赶紧把他追回，拜为太尉，主管兵事。凡是他的弟子皆授大夫之职。其中一位弟子名叫王敖，单他一人就帮秦国收了赵国一国。

以此来看，只要说得有理，秦王政不也能接受谏言，能听进去吗？有过必改，有人才必大用，方才成就秦国统一大业。

听或不听而已

由此来看，秦国之所以能灭六国、统一中国，苏洵所见小矣。归根结底，是秦国在几个发展阶段都能任用贤才，对他们的建言肯听之，如此代代积累下来，秦国根基不但稳固，且没有重大内乱外患伤其根基，国力遂能越发厚实以至并吞六国。关键原因就是听或不听而已。

44　冯梦龙，蔡元放．东周列国志．北京：人民文学出版社，1978：1011.

03

第三章

吴越相争，为何是越灭吴

“卧薪尝胆”“十年生聚、十年教训”“兔死狗烹”，这几个为我们所熟知的典故，其诞生的背景就是春秋时的“吴越相争”。前两个成语皆起因于吴王夫差打败越王勾践，然后勾践去吴做臣时的心境。一开始吴越相争，越先打败吴，吴又打败越，然后越又灭吴！那为何是越灭吴而不是吴灭越呢？

楚、吴、越三国恩怨纠缠背景

要说起吴越相争，跟当时的楚国有密不可分的关系。因为夫差有了伍子胥才能打败越国，而又因伯嚭的原因饶了勾践。伍子胥跟伯嚭原本都是楚国人，因与楚平王跟楚昭王两世的恩怨以致子胥跟伯嚭逃离楚国投奔吴国。这也是在说起吴越之争时必不可少楚的原因。主角们与楚国之间的恩怨才是一切事件的导火索。

◎ 楚灵王与蔡公

故事从楚共王开始。楚共王生有五个儿子，长子就是随后继位的康王。次子叫围，与康王是由不同的母亲所生；第五子叫弃疾。

康王驾崩后，众臣们拥立康王的同母弟继位，但没多久就被围所杀，围继位就是楚灵王。楚灵王时有几位大臣，分别为伍举、郑丹、薳罢、斗成然与伯州犁。伯州犁在康王时已经是大臣，灵王夺位后认为他心中不服，就找人把他杀了。灵王当时用公子弃疾灭了蔡国，之后就封弃疾为蔡公。（蔡公日后就是楚平王。）

◎ 吴王寿梦与四子

吴王寿梦生有四子，分别是诸樊、余祭、夷昧与季札。寿梦起先认为季札最是贤能，要让他继位。但季札说上有三个哥哥在，他绝不肯越过他们继承王位。于是寿梦临终时留下遗命，他死后传位给诸樊、诸樊再传给余祭、余祭再给夷昧，传弟不传孙，就是非要王位传到季札不可。寿梦说完就死了。

因为有此遗命，大哥诸樊再次叫季札继位。季札说，父王生前要他继位他都不听，如果非要他继位，他就逃走！不得已，诸樊继位。但既然父亲有此遗命，所以诸樊就拼命地找楚国和越国的麻烦屡屡用兵，目的就是想早死好传位给下个弟弟。果然如愿。等余祭继位也是如此，夷昧继位也是如此。夷昧在位四年就走了，这时该季札继位了吧，以了当年父亲心愿。哪知季札铁了心就是不要这个王位，大臣们没办法，就拥立夷昧的儿子僚继位，就是吴王僚。

◎ 越王允常

此时的越国是允常在位。旁边的楚跟吴在闹继位的事，跟越本无关系，但吴国这几位兄弟为了早死以致找死，老是来打越，越也就陪他们玩玩刀枪。其他国事基本安定。

风波骤起

◎ 楚平王、费无忌与伍员（伍子胥）

蔡公弃疾用朝吴（原蔡国大夫归生的儿子）之计，骗了另外两位弟弟一起造反，蔡公当幕后影武者，两位弟弟当傀儡。此计果然有效，把灵王骗了自缢，又反过来让两个弟弟以为灵王还在且马上要打回来而怕得自尽，弃疾就这样登上了楚国王位，是为楚平王。

楚平王的长子名建，楚平王立他为世子（太子），武奢当太师。另一位费无忌一直是伺候楚平王的，很会谄媚来事，楚平王也很宠信费无忌，任他为大夫。费无忌请求去为世子做事，故楚平王封他做少师。费无忌虽然是太子少师，但成天在楚平王左右蛊惑楚平王淫乐之事。太子建看不过去，于是就疏远费无忌。另一位大臣斗成然仗恃有功难免作威作福，费无忌在平王面前说他坏话，想找个借口让楚平王把斗成然杀掉。世子建屡次提到斗成然是被冤枉的，这让费无忌不由得心怀畏惧，因此开始与世子产生矛盾。于是便想离间他们父子，只是一时半会还没想到计策。

一日，费无忌奏与楚平王说太子已年长，也该考虑婚嫁了。而太子的联姻对象，最好是秦国。因为秦是强国，且跟楚国交好，两强联姻，楚国的势力更会变强。楚平王同意，就派费无忌前往秦国谈论婚事。秦国群臣也认为楚国目前强盛，这桩婚姻不可拒绝。秦哀公就同意将长女，名孟嬴，嫁与楚世子。

等费无忌将孟嬴迎回楚国，途中发现孟嬴有绝世之美；而在陪嫁的仕女中，有一位的仪容也很端庄，一问之下，发现原来她是齐人，自幼跟随来到秦国为官的父亲，入了秦宫当了孟嬴的侍女。

费无忌打听好了，趁在半路上歇宿停于馆舍时，私下把齐女招来对她说：“我看你有贵人相貌，有心要抬举你，做个太子正妃。只要你能按我之计，将有享不尽的荣华富贵。”只见齐女低头无声。[1]

费无忌先走一日。一进宫里，赶紧跟楚平王回奏。楚平王问费无忌，是否见到秦女、相貌如何等等。费无忌当然了解楚平王就是个酒色之徒，正想着夸大一下秦女的美貌让楚平王动心。楚平王这一问，正好中了费无忌的计谋。于是费无忌就说他从没见过这么美的，不要说楚国的后宫，就是古往今来，如妲己、骊姬也空有其名，不如孟嬴之万分之一呢。

只见楚平王听奏后，面皮通红，半晌说不出话，然后慢慢叹息说：“寡人枉自称王，不遇此等绝色，诚可谓虚过一生耳！”[2]

费无忌请楚平王屏退左右，秘密奏道：[3]

无忌：“王何不自取之？”

平王：“已经为子下聘，恐怕人伦上有所阻碍。”

无忌：“没事的，虽已聘来，但还没进到太子宫中。大王把她迎入宫里，有谁敢说话？”

平王：“众臣们还好说，但太子那怎说呢？”

无忌：“我在陪嫁来的仕女中，发现有一位齐国女子相貌也还可以。我们李代桃僵，两不说破，不

1　冯梦龙，蔡元放．东周列国志．北京：人民文学出版社，1978：655.
2　同上。
3　同上。

是两全其美？”

楚平王听后大乐，就吩咐费无忌按此操作。

之后楚平王恐怕太子知道秦女的事，就不再让太子入宫，不让他们母子相见。楚平王也从此只知享乐，不理国政。

费无忌也怕太子察觉，于是就跟楚平王提议说叫太子去镇守城父这个地方，让太子管北边，楚平王守着南边，天下就可相安无事。楚平王还在犹疑当中，费无忌又秘密奏说：“秦婚之事，久则事泄。若远屏太子，岂不两得其利？”[4]楚平王恍然大悟，于是命令太子建去镇守城父。伍奢知道费无忌诡计，打算进谏楚平王。费无忌抢先一步知道，就跟楚平王说，让伍奢去城父辅助太子。

太子到此时才知道整桩事件始末！孟嬴也慢慢得知此事。为安抚孟嬴，楚平王就答应策立孟嬴生的儿子轸为日后太子。但费无忌恐太子建一旦日后继位，自己可就小命难保，就又进谗言说太子建与伍奢有谋叛之心！楚平王本来不信，但费无忌说起秦女的事，太子建心有不甘，日后一定反叛，楚平王不信也信了！楚平王就打算传令废了太子建的名位。费无忌又说，世子拥兵在外，一旦传令废他，恐怕太子会即刻造反。而伍奢跟太子同谋，不如先把伍奢召回，然后再派兵昭讨太子。楚平王认可了此计谋。

4 司马迁．史记．哈尔滨：哈尔滨出版社，2017：656.

等伍奢到，楚平王问他：“建有谋反之心，伍奢可知？”伍奢素来刚直，就对楚平王说：“王纳子妇已过矣！又听细人之说，而疑骨肉之亲，于心何忍？”[5]楚平王听了感到愧疚，就先把伍奢关了起来。

当时齐女已生一子，名胜，太子建就连夜与妻小出奔宋国避难。

但费无忌还不甘心，又奏：“伍奢有两个儿子，一个伍尚，一个伍员（伍子胥），皆人中豪杰。倘若他们逃到吴国去，将是楚国心腹大患！何不让伍奢把他们招来，来则杀之，以绝后患。”楚平王乐有此计。于是叫伍奢写信把两个儿子招来。

伍奢知道这是楚平王诡计，要把他们父子一并杀掉，于是向楚平王奏道：“我的长子尚，慈温仁信，一招必来；小儿子员，文能安邦，武能定国，蒙垢忍辱，能成大事。他一定知道此中细故，怎肯来呢？”无奈楚平王就是要伍奢写，伍奢不敢不从。

等兄弟俩收到信，起初伍尚还以为楚平王要让他们父子做官（信中所写），乐得告诉伍员。伍员一看就知是计：[6]

> 员：“楚人畏吾兄弟在外，必不敢杀吾父。兄若误往，是速父之死也。”

5　司马迁．史记．哈尔滨：哈尔滨出版社，2017：841.
6　同上，第659页。

尚："父子之爱，恩从中出。若得一面而死，亦所甘心！"

伍员仰天叹曰："与父俱诛，何益于事？兄必欲往，弟从此辞矣！"

尚泣曰："弟将何往？"

员："能报楚者，吾即从之。"

尚："我以殉父为孝，汝以复仇为孝。从此各行其志，不复相见矣！"

伍员要逃，跟妻子说无法照顾她。妻子叫他快走，不要以她为念，竟入内自缢。伍员痛哭一场，把妻子埋葬好就即刻逃走。没半日，楚兵就追到了。追伍员的叫武城黑，伍员已把驾车的射死，本打算也射死武城黑的，但想了一下就说："你回报楚王，必留我父兄之命。若其不然，吾必灭楚，亲斩楚王之头，以泄吾恨。"[7]

武城黑回报与楚平王，楚平王大怒，命费无忌斩伍奢父子。伍奢临死前说："吾虑楚国君臣，自今以后，不得安然朝食矣。"[8]

◎ 伍员与姬光

伍员想到太子建在宋国，就往宋国寻太子。后与太子建又到郑国想借兵。但郑国实力不够，太子建又去求救于晋国。哪知晋国怂恿太子建做内应想占了郑国，太子建应

7 司马迁．史记．哈尔滨：哈尔滨出版社，2017：660.
8 同上。

允。无奈郑定公事先得知，杀了太子建，伍员就带着太子建的儿子公子胜逃往吴国。

回过来说吴。

上文提到吴传位到夷昧，而季札不愿继位，大臣们就拥立夷昧的儿子僚为吴王。但既然季札不当吴王，另一位公子姬光（是大哥诸樊的儿子），内心不服，他认为他是嫡长子，更有道理继位，于是就有杀僚之意。姬光为寻找贤才，就安排他的亲信被离为当地地方官，叫他在地方上寻访豪杰。等伍子胥（伍员）到吴后，偶遇被离，被离一惊，看到伍子胥相貌出众，乃以礼相待，一问竟是楚国的伍员。谁知早有人报知吴王僚，吴王僚也想重用伍员。但姬光用计使吴王僚不予重用，想自己与伍员结识。

伍员知道姬光心意，也想到唯有先帮助姬光夺取王位，他才会借兵给自己为父兄报仇。于是伍员就把刺客专诸推荐给姬光。

◎ 专诸刺吴王僚 阖闾继位

经过一番曲折，专诸行刺吴王僚成功，但自己也身死。姬光遂继位，就是阖闾。

阖闾当王之后，请教国事于伍员。

伍员对曰：“治民之道，在安居而理。夫霸王之业，从近制远。必先立城郭，设守备，实仓廪，治兵革，使内有可守，而外可以应敌。”

阖闾曰：“善。寡人委命于子，子为寡人图之。”[9]

◎ 伯嚭出场

当时楚平王已崩，传位给与秦女所生的轸，是为楚昭王。费无忌这时又想害人，这次要害的人是伯郤宛。囊瓦是当时的令尹（在楚国类似于臣相）。囊瓦被费无忌所骗，以为伯郤宛要害他，遂找鄢将师一起来攻打伯郤宛。伯郤宛知道是被费无忌出卖，无奈自刎而死。他的儿子伯嚭因此惧祸而逃。

后来囊瓦知道这是费无忌搞的鬼，为了平息众怒，就将费无忌与鄢将师一起杀了。

伯嚭逃离楚国后，知道伍员已为吴王所用，遂来投奔他。两人见面相对而泣。伍子胥遂引荐伯嚭给吴王，吴王知道伯嚭遭遇，也为之叹息，拜他为大夫，与伍员一起辅佐他。

但被离不这么想。他看伯嚭本性贪佞，若用之，将来必为祸害。被离将这话说与伍员，但伍员不以为然，遂与伯嚭共事吴王。

◎ 孙武拜将 出兵楚国

等阖闾最后一个心腹之患庆忌（吴王僚之子）被要离所

9 司马迁．史记．哈尔滨：哈尔滨出版社，2017：686.

刺之后，阖闾终于决定要为伍员报仇了。

一日，阖闾对伍员及伯嚭说，我要为你们二卿出兵，但不知谁可为主将？两人异口同声回答只要大王用谁就是谁。但阖闾有心病，想到他们二人都是楚国人，只想为自己报仇，不见得会为吴国尽心尽力！这心思被伍员料到，伍员就对吴王说他推荐一人可保必胜。阖闾欣然问道："所举何人？有何本事？"伍员回答："姓孙名武（就是《孙子兵法》的作者），是吴国人。"阖闾一听是吴国人就露出笑容。之后就是历史上有名的孙武把吴王后宫嫔妃抓来操兵给吴王看，然后两位宠姬当队长不好好听话还带头笑场，竟被孙武给斩了。吴王气得要死，就不打算用孙武为将。此时伍员进言道：臣闻"兵者，凶器也，不可虚谈。诛杀不果，军令不行……夫美色易得，良将难求。若因二姬而弃一贤将，何异爱莠草而弃嘉禾哉！"[10]阖闾一听，方才顿悟。于是封孙武为上将军，号为军师。

之后有段小插曲。吴王阖闾五年（前510年），命孙武、伍员、伯嚭率师伐楚，又叫越国一起派兵。越王允常此时还没跟楚国绝交，就不肯派兵。等孙武拿下楚国几个城池之后，因为后兵不继（此时吴国还不是很强大），只得班师回朝。阖闾生气越国不听话，就要发兵打越国。孙武虽然进谏说不要打，但吴王不听，还是打了越国，但也得胜而归。孙武私下跟伍员说："四十年之后，越强而吴尽矣！"[11]伍员

10 冯梦龙，蔡元放．东周列国志．北京：人民文学出版社，1978：694.
11 同上，第698页。

默记其言。

◎ 伍员鞭尸楚平王 孙武功成身退

到了阖闾九年（前506年），吴王再次伐楚[12]，吴兵五战五胜，攻克郢都，楚昭王出奔。吴兵就进占郢都。

孙武当时有个提议，说现在楚都已破，何不把先太子建的儿子芈胜招回来立为楚君，来取代昭王之位。楚人怜惜故太子之惨事，一定乐于拥立公子胜。而公子胜也会感激吴国，世世与吴交好，如此不是就等于得到楚吗？可是阖闾只想到把楚灭掉好占为己有，遂不听孙武之言。

伍员为了要报父兄之仇，寻到楚平王之棺木，开棺鞭尸，以泄心头之恨。

来年，楚国请秦国救兵（秦楚有姻亲关系），秦哀公派五百辆军车救楚。吴既要抗秦又要伐越（越国真是倒霉），阖闾派弟夫概出兵挡秦，但不敌秦楚联军，就赶回郢都告知阖闾。阖闾此刻也开始担心了。孙武就说："当时提议立公子胜就是准备今日之故。如今之计，不如与秦和好，让楚君回来，但要楚国把西边土地割给吴国，这对吴国也不吃亏啊。"伍员也同意此策。本来阖闾是要同意的，但伯嚭却说，他要请军令出兵与秦一战，若是没成，愿受军法。阖闾看其口气很大，就同意派兵给伯嚭。结果出兵一万军马，回

12 司马迁．史记．哈尔滨：哈尔滨出版社，2017：406.

来的还不到两千！伯嚭自行请罪。孙武此时跟伍员说：“伯嚭为人，衿功自任，久后必为吴国之患。不如趁此兵败，以军令斩之。”伍员说：“彼虽有丧师之罪，然前功不小，况敌在目前，不可斩一大将。”于是上奏吴王赦免其罪。[13]（这是伯嚭第二次逃掉了！）

来说夫概。夫概看当前局势以及自己处境，心中不乐，趁机回吴称王。阖闾为此回吴平乱。之后夫概兵败，奔楚，楚国予以收留。[14]

等阖闾回国后，论功行赏，以孙武居首。但孙武不想为官，要想回山中故居。阖闾叫伍员劝说孙武留下。孙武私下跟伍员说：“吴王日后骄乐必生。夫功成不退，将有后患。吾非徒自全，并欲全子。”[15]奈何伍员不以为然。孙武飘然而去。

于是阖闾立伍员为相国，也效法齐桓公对管仲称为仲父之敬意，只呼子胥之名而不叫他伍员。伯嚭也被立为太宰，共商国政。

同时间，越国大夫范蠡也在浙江之口筑城，以抵抗吴国犯境。[16]这年是周敬王十五年（前505）。

13　冯梦龙，蔡元放．东周列国志．北京：人民文学出版社，1978：718.
14　司马迁．史记．哈尔滨：哈尔滨出版社，2017：406.
15　冯梦龙，蔡元放．东周列国志．北京：人民文学出版社，1978：720.
16　同上，第 721 页。

吴越相争

◎ 阖闾伐越 夫差继位

九年后，阖闾已老，性情暴躁。听到越王允常病亡，子勾践继位，就要趁机打越。子胥谏曰不好，但阖闾不听，率伯嚭等诸将出征，留子胥跟太孙夫差留守。

此战，越国大将灵姑浮砍中阖闾右脚，阖闾跌下车，被专毅救走。越将收兵而回，勾践大悦。

吴王阖闾因为年纪大了，不能忍痛，于回国途中崩。

夫差继位，立长子友为太子。夫差安排十名侍者，轮流站在宫廷中，每次看见夫差进出，就大声呼喊夫差名字："夫差！尔忘越王杀尔之祖乎？"夫差泣而对曰："唯！不敢忘！"[17]此时为周敬王二十四年（前496）。

◎ 夫差伐越

过了两年，周敬王二十六年（前494），吴王夫差以倾国之兵伐越，子胥为大将，伯嚭任副手。越王勾践打算出师迎战，大夫范蠡起奏，说吴兵为雪耻，志高力齐，不容易抵挡，以坚守为好。大夫文种也奏，还是求和为妥。但勾践不听，认为两国为世仇，他来打我而我不战，以为我不能统军吗？遂出兵。越起兵三万，一打下来，只剩五千，越兵大

17 冯梦龙，蔡元放．东周列国志．北京：人民文学出版社，1978：742页．

败。至此，勾践叹曰："悔不听范文二大夫之言，以至如此！"[18]

此时文种献谋，今日之事唯有请和一策。勾践说万一吴不答应怎么办？文种回说，太宰伯嚭贪财好色，从他下手是唯一之计。于是就搜刮美女金玉给伯嚭，伯嚭同意为越说和。

伯嚭带文种来见夫差，说越国有请求谈和之意，且越王愿意为臣，王跟后可为侍从共同服侍吴王。夫差听到求和，勃然变色，说吴跟越有不共戴天之仇，岂能讲和？此时却听伯嚭说道：[19]

伯嚭："王不记孙武之言乎？兵凶器，可暂用而不可久也。若一定要用全部兵力以诛灭越国，大王不是也有所损伤吗？与其杀了他们，跟得到他们的国家来比哪个好呢？"

夫差："今文种安在？"

伯嚭："现在幕外等候。"

（夫差命文种入见。只见文种跪膝而行，言辞卑逊地把意思又说一遍。）

夫差："汝君请为臣妾，能从寡人去吴国吗？"

文种低头拜："既为臣妾，死生在君，敢不服事于左右？"

伯嚭："勾践夫妇愿来吴国，吴名虽赦越，实已

18　冯梦龙，蔡元放．东周列国志．北京：人民文学出版社，1978：745.

19　同上，第 746 页。

得之矣，王又何求焉？”

吴王乃许其成。

此时早有人报告给子胥说越国来求和。子胥连忙赶来说不可不可。子胥谏陈道：[20]

> 越与吴邻，有不两立之势。若吴不灭越，越必灭吴。夫秦晋之国，我攻而胜之，得其地不能居（太远），得其车不能乘（吴国是水乡之地）。如攻越而胜之，其地可居，其舟可乘，此社稷之利，不可弃也。况又有先王大仇，不灭越，何以谢立庭之誓乎？

夫差语塞不能对！就望着伯嚭（求助）。伯嚭说：“相国所说不对。各国情形不同。……或说报仇一事，相国更是恨楚，却为何同意与楚讲和？今天越王夫妇甘愿来吴服侍大王，相国只顾自己有忠厚之事，而让大王以刻薄之名吗？这不是忠臣该做的。”夫差一听就乐，说太宰之言有理，相国请退，日后越国来进贡，会分给相国的。

只见子胥气得面如土色，叹曰：“悔不听被离之言，与此佞臣同事！”子胥走出来后，与大夫王孙雄说：“越十年生聚，再加以十年之教训，不过二十年，吴宫为沼矣。”[21]

20　冯梦龙，蔡元放．东周列国志．北京：人民文学出版社，1978：747.
21　同上。

◎ 勾践为臣

文种得到夫差求和之请的恩准后，立刻跟勾践报告，并说吴王派遣大夫王孙雄一起来到，等勾践过江去吴境。由于时间紧迫，勾践要先料理下后面国事安排，且又要搜集宝物女子，既送吴王还要给伯嚭。此刻王孙雄又催促得急。勾践与群臣话别，泪如雨下，说："孤承先人余绪，兢兢业业，不敢怠荒。今夫椒一败，遂至国亡家破，千里而做浮囚，此行有去日，无归日矣！"[22]

群臣也都同哭。只有文种进曰："昔者汤囚于夏台，文王系于羑里，一举而成王；齐桓公奔莒，晋文公奔翟，一举而成伯。夫艰苦之境，天之所以开王伯也。王善承天意，自有兴期，何必过伤，以自损其志乎？"[23]

于是勾践祭拜宗庙，起程入吴。临行时，勾践问诸位大夫在他不在时各位可以担负哪些事务，于是诸位大夫各司其责。其中最重要的两位就是范蠡和文种，两位依其所长，范蠡随勾践入吴，文种留守国内。

等勾践入了吴境，遂参拜夫差，谢夫差饶他不杀之恩。夫差则说，若是他还念及先王之仇，今日勾践断无生路！此时子胥在旁，又起奏道，千万不可放虎归山，不然就再也制服不了他了！可是夫差还是不听子胥的，而伯嚭也在旁说：

22　冯梦龙，蔡元放．东周列国志．北京：人民文学出版社，1978：748.
23　同上。

“子胥只知一时的做法却不知安定国家的长久之道！吴王实乃仁者之言啊。”子胥夫差只信伯嚭之佞言，不采纳他的谏言，愤愤而退！

夫差命王孙雄在阖闾墓旁盖一间石屋，让勾践夫妇住在里面，在那养马。伯嚭时不时地会来送些吃的，让勾践夫妇不至于挨饿。每当夫差驾车出游，就叫勾践牵马走在前面。路人见到就指说这是越王也，勾践唯有低头而已。

勾践在石屋住了有两个月，范蠡随侍在旁。忽一日，夫差召见勾践，勾践跪于前，范蠡立于后。夫差对范蠡说：“勾践无道，国已将亡，你们君臣共囚一室，岂不鄙乎？寡人欲赦子之罪，子能改过自新，弃越归吴，寡人必当重用。子意如何？”[24]越王在旁听此，只能伏地流泪，唯恐范蠡归从吴王也。只见范蠡头叩地而对，说如今承蒙吴王不杀已是心愿足矣，岂敢奢望富贵？夫差见范蠡没有意愿，就仍让他们回去石室。

夫差偶尔会派人前去查看，见他们君臣卖力工作，没有怨恨之色；到了晚上也没哀愁叹息之声，就以为他们已无志回归故乡，也就不再把他们放在心上。

有天，夫差登上姑苏台，望见勾践夫妇坐在马粪旁边，而范蠡伺候在左侧，君臣之礼犹在，夫妇之道也还具备。夫差就对伯嚭说，想不到一个小国之君，一个草芥之夫，虽然

24　冯梦龙，蔡元放．东周列国志．北京：人民文学出版社，1978：751.

处于困厄之中，还不失君臣之礼，我打心里很敬佩他们。伯嚭回夫差说，不只可敬，也很可怜。夫差又道，如果他们悔过自新，可以赦免他们吗？伯嚭趁机说，大王有此圣王之心，越国岂无回报？一切凭大王之意行之。夫差就说可叫太史择一吉日，赦免越王归国。伯嚭秘将此事报与越王。

◎ 勾践回越

子胥一听说吴王要放他们回去，赶紧来向吴王起奏："昔桀囚汤而不诛，纣囚文王而不杀，天道还反，祸转成福，故桀为汤所放，商为周所灭。今大王既囚越君，而不行诛，诚恐夏殷之患至矣。"[25]吴王因子胥之言，又有了杀勾践之心。

正巧此时吴王生病，所以也没召见勾践。范蠡听到吴王生病了，就占了一卦，然后向勾践奏道，请越王跟宫人说要探视吴王。等入见后就说要尝一下吴王粪便，看其颜色，然后恭贺吴王很快就会痊愈。吴王必定感动，则赦免有望。勾践一听，不禁哭着说，我至少也曾是个君王，怎能含污忍辱，竟要尝他人的粪便啊？范蠡劝说，不如此，怎会让吴王可怜我们呢？无奈，勾践听此而行。

随后一切照范蠡所说一一兑现。夫差看到勾践肯尝他的粪便就高兴得不得了，说臣子侍奉君王，没看过有尝粪便来替君王问疾的！刚好伯嚭在一旁，就问伯嚭说，你能吗？但

25　冯梦龙，蔡元放．东周列国志．北京：人民文学出版社，1978：752.

见伯嚭摇头说："我虽然很爱大王，但此事也做不到啊。"夫差说："不要说太宰不行，就连太子也做不到。"于是便叫勾践先离开石室，找间民屋住下，等他病好就会遣返他们回国。

临遣返前，子胥入见夫差说："千万不要弃忠直而听谗言，溺小仁而养大仇。勾践实在是怀有虎狼之心啊！"但夫差不客气地说："我卧病在床三月，相国没一句好言安慰，是相国不忠；没有一件好东西呈来，是相国不仁。为人臣不仁不忠要他何用？况且寡人有疾，勾践亲自尝粪，毫无怨恨之心，这是他的仁啊！要是把勾践杀了，皇天一定不会保佑我的。"

只听子胥说道："大王怎么说反了呢？老虎把身体蹲低是要准备攻击，越王到吴国来做臣下，怨恨藏在心里，大王你怎会知道呢？他会屈尊尝王之粪，其实是有捕食大王之念啊。王若不察其中奸谋，吴必会为越所擒！"

夫差不悦，说："相国不必说了，寡人意已决。"

子胥知道不论怎样进谏都是无用的了，只好郁郁而退。

三日后，夫差安排酒宴，亲自送勾践归国。这时是周敬王二十九年（前491）。勾践在吴为臣三年。

◎ 文种献计

勾践回国后，想到会稽一败，就迁都于此，以不忘会稽之耻。勾践谢范蠡及各位大臣勠力国事，范蠡对勾践说道："愿大王时时勿忘石室之苦。"于是勾践以文种治国政，以范蠡治军旅，尊贤礼士，敬老恤贫，百姓因此大悦。又卧薪尝胆，会稽二字不绝于口。与此同时，还进献夫差。东西还没到，夫差就嘉许勾践，还增封越国八百里地。子胥听到后，称病不上朝了。

夫差见越国以臣服不贰，益加相信伯嚭所说的。一日，问伯嚭，他想盖宫殿，哪里适合？伯嚭奏道，说姑苏是最好的地方，只要把它改建，增高后可望见百里之远，平台可容纳六千人，再将会歌舞的童子仕女收拢过来，岂不是人间至乐之地？夫差想想有道理，就悬赏要找巨木来重建姑苏台。

文种听到后，便向勾践献策：[26]

文种："臣闻'高飞之鸟，死于美食；深泉之鱼，死于芳饵。'今王志在报（仇于）吴，必先投其所好，然后得制其命。"

勾践："虽得其所好，岂遂能制其命乎？"

文种："臣所以破吴者有七术：一曰捐货币，以悦其君臣；二曰贵籴粟槁，以虚其积聚；三曰遣美女，以惑其心志；四曰遣之巧工良材，使作宫室，以罄其财；五曰遣之谀臣，以乱其谋；六曰强其谏臣使自杀，以弱其辅；七曰积财练兵，以承其弊。"

勾践："善哉！今日先行何术？"

文种："今吴王方改筑姑苏台，宜选名山神材，奉而献之。"

之后文种果然找到一对天生神木献给吴王。吴王见到，

26 冯梦龙，蔡元放．东周列国志．北京：人民文学出版社，1978：756.

不胜惊喜。

子胥又谏，劝吴王勿受。吴王不听，就将此木建起了姑苏台。这是文种第一计。

文种接着下第二计：献美女。半年之中，遍访全国，得西施与郑旦。花了三年时间教她们歌舞，学好之后才献给吴王。子胥当然又谏，夫差这会更不会听了！（子胥实在太不了解夫差了！）

到了周敬王三十五年（前485），越国谷米歉收，文种跟越王说向吴借谷米来救百姓，若是天要弃吴，吴国一定会借给我们。

于是文种到吴，向吴王借谷米，说等明年稻谷收成后就来还上。

子胥当然又来相谏，说越国不是真的缺谷米，是想借机把吴所积存的谷米给拿走，劝吴王不要借越。且说："吾闻越王早朝晏罢，恤民养士，志在报吴，大王又输粟以助之，臣恐麋鹿将游姑苏之台矣。"[27]

吴王："勾践业已称臣，乌有臣而伐君者？"
子胥："汤伐桀，武王伐纣，非臣伐君乎？"

此时伯嚭在旁呵斥子胥曰："相国出言太甚，吾王岂桀

27 冯梦龙，蔡元放．东周列国志．北京：人民文学出版社，1978：763.

纣之比耶？”

于是只见伯嚭为越国说好话，说只要越国明年偿还，相借有何不可呢？

吴王就借给越国一万石谷米，并跟文种说好明年收成转好一定要还上，不可失信。文种拜谢吴王而归。越王大喜，群臣高呼万岁，百姓歌颂越王德政。

来年，越国果然丰收。越王跟文种说不还谷米则失信，还则损越而利吴，该怎么办？文种回说，我们找长得好看的米，把它们给蒸熟，吴王他们看上后喜爱它会拿去播种，我们的计策就成功了！

越王用此计把谷米还给吴。吴王还说越王真是守信之人啊。又看到这谷米长得真好，还以为是越国土壤好才这样，就让吴国百姓拿这谷米去播种。这当然不会有收成，害得吴国百姓没谷米可吃，吴王还以为是土地不同，而不知是蒸熟的谷米根本无法播种。可见文种这计有多毒！这时是周敬王三十六年（前484）。

此时越王忍不住了。越王看吴国闹饥荒，就想兴兵。文种说，还不到时候，其忠臣尚在。越王又去问范蠡，范蠡说快了，让我们再多练兵卒、多习射箭。

子胥听说越王练兵习武之事，就求见吴王相告。吴王一查确有其事，来问伯嚭，说越国不是诚服了吗？为何要练兵呢？伯嚭回说，这是一国正当防卫所需，王不必心疑。但吴王这次不这么认为了，于是有伐越之意。

正在此时，齐鲁交兵。子贡来见吴王，说以伐齐救鲁，可成霸业。吴王心动，但跟子贡说想先伐越再攻齐也不晚。子贡说这不好，越小而齐大，逐小利而忘了大患乃不智之举。子贡自告奋勇说可让越听吴并派兵相助。吴王听了就说那当然好啊。于是子贡去见越王，说以利害，越王就表示对吴服从，并亲自派兵一起听吴指挥。吴王当然乐坏了。于是想从越国之兵中选三千甲士一起伐齐，问子贡意见。子贡回说，既用他们的兵，又使唤他们的国君，也太过了。不如只用其兵而让其君回去。吴王从之。

◎ 赐死子胥

周敬王三十六年（前484），越王勾践派兵三千助吴攻齐。吴王夫差以九郡之兵大举伐齐。将起兵之际，子胥又来，再劝吴王说攻齐未必胜，但越国为祸却已到家门。这次吴王大怒，说子胥说此不吉利的话，该当何罪？遂有杀子胥之心。

伯嚭密奏，言子胥是先王老臣，不要自己动手。不如派子胥到齐国宣战去，可假齐国之手杀之。吴王认为此计甚好，于是派子胥去齐，要借刀杀子胥。

子胥料想吴将亡，就私下把儿子伍封带上，去到临淄，履行吴王之命。

齐简公见宣战书大怒，想杀子胥。但大臣鲍息谏曰，这是借刀杀人之计。子胥是忠臣，屡谏吴王不听，所以吴王才派子胥来。大王应让其归国，让他们忠佞之臣自相攻击，让吴王承受此恶名也。

齐简公乃厚待子胥，并约好决战日。子胥与鲍息本就相识。鲍息私下问子胥有关吴国的事。只见子胥垂泪不言，但把儿子伍封叫来，拜鲍息为兄，今后改名叫王孙封，不再用伍姓。鲍息叹曰："子胥回去将会死谏，这是留一后代在齐啊！"

与此同时，吴王已发兵，约好鲁国合兵来一起攻齐。子胥在半道上向吴王复命，但自称有病先回国，不肯跟军队一起出征。

吴王亲自领军，将齐兵杀得大败，齐国只能谢罪请和。吴王也重赏越兵。

吴王回国，百官迎贺。子胥也到，但不发一言。吴王乃责备子胥，说："你说我不该伐齐，如今得胜而回，唯独没有你的功劳，你不羞吗？"

子胥大怒说："天之将亡人国，先逢其小喜，而后授之以大忧。胜齐不过小喜也，臣恐大忧之即至也。"[28]

吴王大怒，于是两人吵了一架。

过了几天，越王勾践来贺吴王大胜，并对吴国各臣备妥

28　冯梦龙，蔡元放．东周列国志．北京：人民文学出版社，1978：773.

礼物奉上。

宴席间，吴王言道：伯嚭有功，要封他为上卿；越王伺候有礼，也要再给越国封地以酬谢越国帮吴攻齐之功劳。不知各位大夫意下如何？

群臣皆曰赏有功的、嘉勉辛劳的，此乃霸王之事也。群臣中只见子胥又忍不住了："呜呼哀哉！忠臣掩口，谗夫在侧，邪说谀辞，以曲为直。养乱畜奸，将灭吴国，庙社为墟，殿生荆棘。"[29]

须臾间，只见吴王大怒说道："老贼多诈，为吴妖孽……寡人以前王之故，不忍加诛，今退自谋，无劳再见！"子胥曰："老臣若不忠不信，不得为前王之臣。譬如龙逄逢桀，比干逢纣，臣虽见诛，君亦随灭。臣与王永辞，不复见矣。"[30]遂快步离殿。

吴王气还没消，伯嚭又丢一把火来："臣闻子胥使齐，以其子托于齐臣鲍氏，有叛吴之心，王其察之！"[31]

吴王就派人赐子胥一把"属镂"剑。子胥知道这是吴王要他自裁。他死前跟家人说，他死后把他的眼睛挂在东门上，他要亲眼看到越兵入吴！

29　冯梦龙，蔡元放．东周列国志．北京：人民文学出版社，1978：774.
30　同上。
31　同上。

子胥一死，伯嚭进为相国。吴王还要赏赐越王封地，越王一直推辞乃作罢。

◎ 勾践伐吴

子胥死后，吴王发动兵卒筑新城，开大河。太子友忍不住跟吴王说要小心越国谋我。吴王一听就生气说，这又是子胥一派的说法，再多言就不是我子！太子友只好惊恐离去。吴王命太子友跟王孙弥庸留守国内，他要在黄池约集诸侯，跟晋国争盟主之位。

越王听到吴王出境，于是跟范蠡计议，从海道袭击吴国。因为吴国精兵都随吴王出征，留守的都是没战斗经验的，因此吴国大败，王孙弥庸被杀，太子友自刎而亡。

吴王与诸侯们草草完事，急忙回国。军队都知道国内出事，心胆俱碎，又远征疲惫，以致皆无斗志，跟越军一对上，吴军大败！

吴王恐惧之下，跟伯嚭说，你说勾践不会背叛，所以听你的放他回国！今天这事你要为我跟勾践讲和，不然的话，子胥的“属镂”剑还在，就要赏你了！伯嚭于是亲赴越军，求越赦罪，带去的礼物跟当年越国给的如出一辙。

此刻范蠡说道，吴还灭不了，姑且答应，给伯嚭一个面子。吴自今起也振作不起来了。越王于是同意吴国请和。

◎ 夫差自刎

四年后，越王得知吴王自越退兵后，荒于酒色，不理朝政，又连遭荒年，民心怨起，乃再次发兵，大举袭吴。

吴王虽起兵迎战，却遭惨败！名将俱死。吴王连夜逃回，闭门自守，越兵把夫差团团围住，伯嚭也称病不出。吴王只得派王孙骆请求越王休兵讲和。王孙骆说，吴王请求如当年会稽之战后一样，请越王答应吴国求和。越王看到吴国可怜之状，有同意之意，范蠡开口道，君王每日早朝下朝之后，谋划今事已二十年了，于今要功败垂成吗？吴王派使者往返七次，文种、范蠡坚持不许，且加紧攻城。

之后，越兵从东门而入，就是子胥所指之门。越兵一入城，伯嚭就投降了。吴王带着王孙逃往阳山，越兵随后跟来把吴王围得牢牢的。

吴王写封信，叫人射入越军之中。文种、范蠡二人同时观看。只见信上写着："狡兔死而良犬烹。敌国灭，谋臣亡。大夫何不存吴一线，给自己留余地呢？"[32]

文种亦写信回之，说吴有六个大过错。有此六过，想免于亡国可能吗？当年老天把越赐给吴，吴竟不受。今老天则要把吴赐给越，越怎敢违抗天命呢？吴王看着信，流泪说道，寡人不诛勾践，又忘了先王之仇，是为不孝，此天所以抛弃吴啊！

---

32 冯梦龙，蔡元放．东周列国志．北京：人民文学出版社，1978：787.

王孙骆说他愿再去试一次请越王宽赦，吴王说，他不敢复国了，只求能做个附庸，世世代代侍奉越国。王孙骆到越军前，文种、范蠡坚决不让进入。越王见吴国使者流泪而去，也可怜他，就叫人跟吴王说，给你五百家民众，让你终老。吴王说，我已老了，做不了奴仆之事了，唯有一死罢了。

吴王拔剑自刎！王孙骆亦自缢于旁。吴王临终前把脸用东西遮住，说："吾无面以见子胥也！"[33]

吴王在位一共二十三年。[34]

◎ 兔死狗烹

等越王勾践进入姑苏城，占据吴王宫殿，百官给越王贺喜，伯嚭也在其中，还自以为有当年斡旋之功，面露得色。

越王看着伯嚭说，你是吴国太宰，怎敢委屈你在此。你的国君在阳山，你何不跟随他呢？伯嚭惭愧而退。越王随后杀了伯嚭，灭其全家，说是为报子胥之忠也。

越王虽灭了吴国，但看不出有什么喜乐之色。范蠡私下叹曰："越王不欲功归臣下，疑忌之端已现矣！"[35]

次日，要辞别越王，说当年会稽之辱而不死，是为了复

33 司马迁．史记．哈尔滨：哈尔滨出版社，2017：573.
34 同上，第 407 页。
35 冯梦龙，蔡元放．东周列国志．北京：人民文学出版社，1978：790.

仇。今吴已灭，愿告退庙堂，老于江湖。

哪知越王竟说："寡人赖子之力，以有今日，方司图报，奈何弃寡人而去矣？留则与子共国，去则妻子为戮！"[36]

蠡曰："臣则宜死，妻子何罪？死生惟王，臣不顾矣。"[37]当晚，乘扁舟离去。

次日，越王使人招范蠡，然蠡已远去。越王皤然变脸，问文种，可追吗？文种说，范蠡鬼神不可测，追不到了。

文种出宫殿后，有人拿一封书信给文种，是范蠡所写。信上说："子不记吴王之言乎？'狡兔死，走狗烹；敌国破，谋臣亡。'越王为人，忍辱妒功；可与共患难，不可与共安乐。子今不去，祸必不免！"[38]文种看后还不太肯信，认为是范蠡多虑了。

没多久，越王探视文种病况，把剑解下来说，你当初说有七计，我只用了三计就把吴给灭了。尚有四计，该怎么用呢？文种对他说："臣不知所用也。"越王道："其四在子，子为我从先王试之。"[39]说完就乘车离去。

越王的佩剑留下没带走，文种一看，剑匣刻有"属镂"

---

36 冯梦龙，蔡元放．东周列国志．北京：人民文学出版社，1978：790.
37 同上。
38 同上。
39 同上，第 573 页。

二字！不禁仰天一叹：“不听范蠡之言，乃被越王所杀，真是蠢啊！”[40]遂伏剑而死。越王听到文种死，大喜。（有这种国君，还有什么好说的！只能怪夫差无能，不听子胥言！）

勾践在位一共二十七年而薨。

回首从前

如今，身为后人的我们再来检视这段历史，当初只要有一次的“听”或“不听”，今天的历史就可能改写！

★ 楚平王如果不听费无忌之言去抢他儿子的媳妇！

★ 楚平王还有第二次机会不听费无忌之言去杀他儿子建！

★ 楚平王还有第三次机会不听费无忌之言去杀伍奢和伍尚！

★ 伍子胥本可以在第一次听被离之言后不用伯嚭。就算用他也可以只让他做个小官，不在吴王身边也不会有后面这么多事。

★ 伍子胥还有第二次机会听孙武之言，即趁伯嚭兵败把他杀了，可他没有！

★ 阖闾如果听子胥之言不伐越就不会出事！

★ 夫差如果第一次击败越国之后不听伯嚭改听子胥之言，把越给灭了，哪还会有卧薪尝胆的故事！

★ 当勾践夫妇初到吴境见夫差时，夫差本来有机会听从子胥之谏把勾践杀了，但还是因妇人之仁没动手！

40 司马迁．史记．哈尔滨：哈尔滨出版社，2017：791．

★ 在遣返勾践回国之前，夫差还有最后一次机会动手，但依旧没听子胥之谏！

★ 吴要求和时，文种、范蠡一不许、二不许、三不许吴使进帐，怕的就是勾践心软答应吴王求和。不然，只要一次心软，吴越相争恐怕就会没完没了。

停笔至此，夫复何言！吴越纷争，一切皆肇因于“听”或“不听”而已。

04

第四章

齐桓公错在哪

子曰："管仲相桓公，霸诸侯，一匡天下，民到于今受其赐。微管仲，吾其被发左衽矣。"此句虽夸管仲，但亦夸桓公。齐桓公九合诸侯，是春秋时期中原第一霸主。但为德不足，管仲死后两年，齐桓公亦薨。管仲死且有人为其哀悼、入殓。而齐桓公死呢？无人闻问，任由蛆爬。为何如此？皆齐桓公咎由自取啊！

齐襄公被弑　公子小白出线

周庄王八年（前689）冬，齐国是齐襄公在位，他约宋、鲁、陈、蔡一同伐卫（国），以帮助卫惠公（朔）重新登上王位。齐鲁等国联军，先击败周王派来助卫的一支军队，又攻破卫城，斩卫公子泄与公子职，卫惠公于是重登侯位。此时是周庄王九年（前688）。[1]

齐襄公回国时，指派连称、管至父两将领兵戍守葵丘，以防周王出兵来讨。两位将军临走时特地问齐襄公说，戍守在外虽然辛苦，但既然齐襄公有命，也不敢不从。但不知要驻守多久，可有个期限？

此时齐襄公正在吃瓜，就顺口说一句“及瓜而代”[2]，表示等明年瓜成熟了就找人代替你们戍守。二将于是领命出发。

一年转瞬即过。两位将军眼看着瓜又熟了，就想说怎么没听到有谁要来代班啊！于是派遣心腹回到国中打听一下。一打听下来，才知齐襄公与文姜出外玩耍，都玩一个月了还不回都。这找人代替他们的事看来也是遥遥无期。两位将军恨得要死，连称又说起他的妹妹也是齐襄公的嫔妃，但不得齐襄公所宠。旧恨新怨一起爆发，杀机陡起！就叫管至父助一臂之力。管至父说，瓜熟而代是君王亲口许下的。齐襄公

1　冯梦龙，蔡元放．东周列国志．北京：人民文学出版社，1978：110.
2　司马迁．史记．哈尔滨：哈尔滨出版社，2017：417.

也许是忘了，我们不如去上奏请齐襄公让我们回国。如果上奏而不准，军心也势必怨恨，到时人心可用。连称想想有道理，就派人进献新收成的瓜给齐襄公，并提及去年齐襄公许下的承诺。

哪知这一提，齐襄公一气之下说等下一次瓜熟才换班。连称至此愈是怨恨，就叫上管至父，再联合齐襄公庶出的兄弟公子无知做内应，把齐襄公杀了，然后推无知为君，连称的妹妹连妃再嫁给无知为夫人。

齐襄公被弑后，齐襄公的二弟公子纠[3]，因他的母亲是鲁国诸侯之女，管仲、召忽随行辅佐他逃到鲁国；三弟公子小白则因为邻近的莒国小，小则不敢怠慢他，又离得近，要回齐国也快，就到了莒国，鲍叔牙随行辅佐公子小白。

管仲跟鲍叔牙本来就是好友。管仲曾说过："生我者父母，知我者鲍叔哉！"[4]两人结为生死之交。又因二人分别辅佐两位公子，管仲也跟鲍叔牙说，日后齐国的国君不是公子纠就是公子小白。如今我们分别做他们的老师，那不论谁当了国君就互相推荐另一人。

公子无知才当了一个月的齐君，就被诸位大夫联手杀了。连妃自尽，连称与管至父也死于非命，齐国大夫就商讨要立新君继位。

3 司马迁．史记．哈尔滨：哈尔滨出版社，2017：417.
4 冯梦龙，蔡元放．东周列国志．北京：人民文学出版社，1978：115.

却说公子小白听到齐国内乱，就与鲍叔牙商议好向莒国借得百辆兵车来护送回齐。另一边管仲则昼夜奔驰来追小白，不希望小白先回国。为了快点，管仲只领三十匹快马军士。

等管仲追上，故意问候公子小白，还说公子纠为长，应主齐国丧事，叫小白留步，不必急着回国。鲍叔牙在旁听此，马上跟管仲说，请赶快退下，如今我们各为其主，不必多说了。

管仲见他们人多，于是假装要走，然后趁对方没注意，突发一支冷箭射向小白，只见小白口吐鲜血立刻倒地，管仲以为小白没命了，就赶紧纵马狂奔。管仲还心想，公子纠有福了，命中注定要当上齐君。于是回到鲁国后报与公子纠与鲁君，大家以为大事已成，不禁喜从心来，连回国也慢吞吞不急着赶路，六天后才回到齐国。

谁知管仲这一箭只是射中了小白的衣带钩，小白躺地装死，把嘴唇咬破吐出鲜血，连鲍叔牙都给骗过去。为怕还有意外，鲍叔牙就让小白换了衣服，走小路急忙回齐。鲍叔牙先到国都，见了诸位大夫，说了小白的贤能，诸位大夫也就答应立小白为君，这就是齐桓公。这也是因为高氏、国氏两大家族在国内策应，齐桓公才得以捷足先登。

公子纠身死　管仲独存

桓公既立，鲍叔牙就赶紧领兵以做预防。鲁庄公闻知小白没死还当了齐君，就发兵要来为公子纠抢位。

这年秋天，齐、鲁两国在干时交战，结果鲁军大败。鲍叔牙奏请齐桓公，要鲁国交出公子纠方才作罢。就派遣隰朋到鲁，要鲁国杀了公子纠、管仲与召忽。

齐桓公写信给鲁庄公说：“公子纠是我兄弟，我不忍亲手害他，请鲁国将他处死。召忽、管仲是我的仇人，请将他们活着交给我，我要把他们剁成肉酱才甘心。否则，齐军将围攻鲁国。”鲁庄公害怕，就杀了公子纠，召忽自杀而死，管仲则甘愿被囚禁。[5]

管仲为何没死呢？先是隰朋出发前，鲍叔牙嘱咐隰朋：[6]

> 鲍叔牙：“管夷吾天下奇才，吾言于君，将召而用之，必令无死。”
>
> 隰朋：“倘鲁欲杀之如何？”
>
> 鲍叔牙：“但提起射钩之事，鲁必信矣。”

隰朋唯唯而去。

鲁庄公得此书信，即招施伯商议，如今是杀还是不杀公子纠呢？施伯说到，小白刚一即位，就能用人，把我方击败，这远非公子纠能比。况且齐兵大军压境，不如杀了公子纠，好跟齐讲和。于是鲁庄公派人杀了公子纠，把召忽、管仲抓了。等要把他二人关进囚车时，召忽悲痛地说要跟随

5 司马迁．史记．北京：中国文联出版社，2016：274.

6 冯梦龙，蔡元放．东周列国志．北京：人民文学出版社，1978：121.

公子纠于地下，岂能受此关押之辱，就撞殿柱而死。管仲则说，他要留此性命回齐为公子纠述不白之冤！于是自己进到囚车里。

施伯对鲁庄公说。他看管仲其人，乃天下奇才。若不死，必将为齐所大用，助齐而称霸天下。如此一来，鲁国就将成为一旁奔走驱使之国了。君不如帮他求情让齐留他不死，管仲不死，还会感激我们，也许还能为我们所用，届时齐也就不足虑了。鲁庄公听了则说，管仲是齐的仇人，而我们留他不死，就算今天杀了公子纠，恐怕齐怨未消。施伯想想后说，如果考虑这点，那就把管仲杀了，把尸体送回去。鲁庄公说好。

隰朋一听到鲁将杀管仲，立即来见鲁庄公。说管夷吾有射吾君衣钩之仇，必要亲自杀了他才解心头之恨。若是只还尸体，跟不杀一样。鲁庄公就信了，于是将管仲以及公子纠、召忽的头颅一起交付隰朋带回齐国。（稍后鲁庄公果然失悔，但追之莫及！）

一到齐国境内，鲍叔牙接到管仲，就将管仲的枷锁除去，要将管仲荐予齐桓公。管仲这时说："我一不能奉君，二不能死难，臣节已亏。若是反过来为仇家做事，召忽地下有知，不是会笑我吗？"[7]鲍叔牙回说："成大事者，不恤小耻，立大功者，不拘小谅。子有治天下之才，未遇其时。主公若得子为辅，以经营齐国，霸业不足道也。功盖天下，名显

7 作者注：管仲这话有点言不由衷。

诸侯，孰与守匹夫之节，行无益之事哉？”[8]管仲默然不语。

鲍叔牙见齐桓公，先吊后贺。齐桓公就说为何事而吊？“公子纠，君之兄也。君为国灭亲，诚非得已，臣敢不吊？”鲍叔牙回说。齐桓公又问，那又为何事而贺？鲍叔牙继续说道：“管子天下奇才，非召忽可比。臣已为君得一贤相，岂不可贺？”齐桓公则说，管仲差点杀了我，他射我衣钩的箭头我还留着，每次想到这事就想杀他，你还要我用他？

只听鲍叔牙道：“人臣者各为其主。射钩时，知有纠不知有君。君若用之，当为君射天下，岂特一人之钩哉？”[9]齐桓公这时只说，我先听你的，暂不杀他。鲍叔牙于是先将管仲迎到他家。

之后齐桓公为谢诸位大夫迎立之功，给他们增加封地。同时要拜鲍叔牙为上卿。这时鲍叔牙说道，我有幸得以跟从您，让您终于当上了国君。您的地位尊贵，我已无法再协助您提高。您如果只想治理齐国，那么有高傒和我就够了。如果您想成就霸王之业，就非管夷吾不行。夷吾所治理的国家，其国必强，我们不能失去这个人才啊。齐桓公就说，那把他叫来，我听听他有何本事。鲍叔牙听桓公这么说，就答道：“贱不能临贵，贫不能役富，疏不能制亲。倘若君王要用管仲，必要待以非常之礼，岂可轻慢？如此，四方之士听到君王是如此尊贤礼士，那谁不想来齐国贡献所长呢？”[10]于是齐桓公说：“寡人听子。”齐桓公就行大礼，亲至馆舍

8　冯梦龙，蔡元放．东周列国志．北京：人民文学出版社，1978：123.
9　同上。
10　同上，第 124 页。

把管仲给接来。国人看此，莫不惊讶。

管仲辅佐　九合诸侯

等管仲入朝，拜见齐桓公，先为当年射钩之事谢罪。齐桓公亲自扶管仲就座。等管仲坐定，齐桓公问管仲：[11]

桓公："天下人心未定，国势不张。今欲修理国政，立纲陈纪，其道何先？"

管仲对："礼义廉耻，国之四维。四维不张，国乃灭亡。必张四维，以使其民。"

桓公："如何使民？"

管仲："必先爱民。"

桓公："爱民之道若何？"

管仲："必使民相亲，民殖、民富、民有礼，则民正。"

桓公："爱民之道既行，处民之道若何？"

管仲："士农工商，不迁其业，则民自安。"

桓公："民既安矣，甲兵不足，奈何？"

管仲一一答对。

桓公："甲兵既定，财用不足如何？"

管仲又一一答复。

桓公："财用既足，然军旅不多，兵势不振，如何而可？"

管仲又一一答复桓公。

11　冯梦龙，蔡元放．东周列国志．北京：人民文学出版社，1978：125.

齐桓公如此与管仲连续说了三天三夜，字字投机，不知疲倦，就要拜管仲为相。岂知管仲不接受。齐桓公就问管仲为何不接受呢？管仲道："君如果要成大志，则要用五杰。他们是隰朋、宁越、王子成父、宾须无与东郭牙。"齐桓公遂拜管仲为相，所荐五人也一一拜官，各司其事。

齐桓公又问管仲，说他自己（齐桓公）"好田又好色，会妨碍称霸吗"？管仲说："不会。不知贤，会。知贤而不用，会。用而不任，会。任而又以小人参之，也会。"

齐桓公于是专用管仲，尊其号称他为仲父，恩礼居于齐臣中最高位。并对诸臣说，国有大政，先告仲父。有所施行，一凭仲父裁决。又下禁令，不许国人称呼夷吾之名，不问贵贱，皆称仲。

再来说鲁。鲁庄公听说齐桓公拜管仲为相，气得要死，才知道自己是被齐桓公耍了。于是起兵要报上次干时之仇。桓公知道后，问管仲，可否先对鲁出兵？管仲说不可，国事未定，不要动兵。齐桓公不听，用鲍叔牙为将，出兵长勺！[12]这一战，齐兵大败，这就是有名的曹刿论战的典故。后来齐桓公请婚于周王，周王请鲁庄公当主婚人将女儿下嫁给齐桓公，于是齐鲁和好。

齐桓公自上次长勺战败后，深悔用兵。这次就真的把国政交给管仲，自己饮酒作乐就好。但凡有人来奏，就说：

12　作者注：齐桓公刚说完一切都听仲父的，马上违约。

“何不告仲父？”

当时齐桓公有个宠信之人，名叫竖刁，为亲近齐桓公不惜自宫。另有一人叫雍巫（易牙），精于烹调之技，竟然为了讨好桓公不惜把自己的亲生儿子蒸了给齐桓公尝鲜！齐桓公以为易牙是爱自己，于是也宠信易牙。这两人又与桓公宠妃长卫姬交好，内外用事。他们看管仲如此被齐桓公重用，就进谗言说国中只知有仲父不知有齐桓公，想来打击管仲！齐桓公听后笑着说：“寡人于仲父，犹身之有股肱也。有股肱方成其身，有仲父方成其君。尔等小人何知？”[13]二人不敢再言。管仲掌理国政三年，齐国大治。

齐桓公五年，齐国攻打鲁国，鲁军眼看就要失败。[14]于是鲁庄公请求献出遂邑来讲和，齐桓公同意了，于是与鲁庄公约在柯地会盟。双方将要盟誓之际，鲁将曹沫跳上祭坛用匕首挟持了齐桓公，要挟齐国归还所占领的鲁国土地。齐桓公应允了。然后曹沫扔掉匕首，回到面向北方的臣子之位。桓公事后想反悔，还想杀曹沫。管仲这时说：“如果被挟持时答应了人家的要求，然后又背弃诺言并杀死对方，这虽可满足于一时之快，却在诸侯中失去诚信，也就因此失去了天下人的支持。”齐桓公因此便把鲁国战败所丢的领土全部归还给了鲁国。各诸侯听说后，都认为齐国守信而愿意共尊齐国。（桓公）七年，各诸侯与齐桓公在甄地会盟，齐桓公从此成为天下霸主。

13　冯梦龙，蔡元放．东周列国志．北京：人民文学出版社，1978：134-135.

14　司马迁．史记．北京：中国文联出版社，2016：274.

后齐伐卫，卫国兵败，卫懿公求和。卫公子开方见齐国强盛，愿到齐国为吏。齐桓公问他，你是卫侯长子，是卫国储君，为何国君不当，要当我的臣子呢？只见开方说，桓公乃天下贤君，若能执鞭左右，当荣幸之至，岂不比为君更好？桓公于是授开方为大夫。从此竖刁、易牙与开方三人被齐人谓之“三贵”。[15]

到了周襄王元年，齐桓公三十四年，齐桓公与管仲提到立储一事，要跟仲父商议。当时桓公有多位宠妾，儿子也多。其中有六位宠姬所生的儿子日后有五位曾登君位。他们的关系见表4-1。

表4-1　齐桓公宠姬与桓公子关系[16]

宠姬	长卫姬	少卫姬	郑姬	葛嬴	密姬	宋华子
（公）子（长幼序）	无亏	元	昭	潘	商人	雍
与“三贵”交好	易牙 竖刁			开方		

管仲提到，周王因为嫡庶不分，差点引起祸乱。而今桓公尚未立储，因此建议齐桓公应早做决定，以绝后患。

齐桓公说，这六子皆庶出之子。无亏最长，但论贤否，则公子昭最贤。六位姬妾中，长卫姬侍奉桓公最久，齐桓公也答应会立无亏为储君。易牙跟竖刁二人也屡屡给齐桓公出

15　冯梦龙，蔡元放．东周列国志．北京：人民文学出版社，1978：155-156.
16　同上，第 267 页。

主意该立无亏。但齐桓公因为心中一直念着公子昭之贤，迟迟无法定夺，所以请管仲拿个主意。

管仲当然知道易牙与竖刁为奸佞小人，又得长卫姬之宠信，若是立无亏为君日后内外串谋，必乱国政。而公子昭是郑姬所出，齐跟郑国刚和好，若是立昭，日后跟郑国可世代为好。于是就对桓公说，立君立贤。齐桓公既知昭最贤，立昭可也。但齐桓公担心万一无亏来争的话怎么办？管仲则提议从诸侯中择一贤者，把立储之事托付与他。齐桓公于是请管仲跟宋襄公说此心意，宋襄公遂答应齐桓公他日为齐主事。

管仲遗言　奈何不从

齐桓公四十一年，管仲病危。病重之际，齐桓公与管仲的对话：[17、18]

> 桓公："您之后，寡人将委政于何人？（当时宁戚与宾须无先后去世）
>
> 只见管仲叹说："可惜呀，宁戚也！"
>
> 桓公又问："宁戚之外，岂无人乎？我要用鲍叔牙，如何呢？"
>
> 管仲说："鲍叔牙，君子也，虽然如此，但不可以为政。其人善恶过于分明。……见人之一恶，终生不忘，是其短也。"

17　冯梦龙，蔡元放．东周列国志．北京：人民文学出版社，1978：276.
18　同上，第 248 页。

桓公："隰朋如何？"

对曰："可矣。隰朋不耻下问，居其家不忘公门。（又叹道）老天生隰朋，以为夷吾舌也。身死，舌安得独存？我担心君用隰朋不会太久！"

桓公又问："易牙这人怎么样？"

只听管仲说："君即使不问，我也要说。易牙、竖刁与开方三人，君王切不可再亲近了。"

桓公："易牙为让寡人有好吃的，不惜蒸了他的儿子献给我，难道他不爱寡人吗？"

管仲回答道："他为迎合国君而杀死了自己的儿子，这不合人性，不能重用。"

桓公又说："竖刁这人如何？"

管仲："他阉割了自己来迎合国君，不合人情，这样的人不可相信。"

桓公再问："开方这人如何？"

管仲回答说："他为迎合国君而抛弃了双亲，这不合人性，不能亲近。"

桓公又问："这三人侍奉寡人很久了。怎没听仲父从前说他们一句呢？"

管仲对曰："我之所以没说，是要迎合君王之意。像防大水一样，我就是堤防。有我在，河水不会泛滥。如今堤防不在了，将会有大水之患。君王务必要远离他们。"

当时左右有人听到这些对话，就给易牙通风报信。易牙就把这些话拿去跟鲍叔牙说："当初管仲能拜相，都是叔牙您所荐。而今管仲病重，君王来探视，竟跟君王说您不能当政而推荐隰朋，我真为您打抱不平啊！"鲍叔牙笑说："这就是我之所以推荐管仲的原因啊。管仲忠于国事，不以朋友之私为念。若叫我当司寇，驱逐佞人则尚有余矣。若是叫我主政，你等小人还有容身之地吗？”易牙大惭而退。

管仲死后，齐桓公听管仲遗言，以隰朋主政。可惜不到一个月，隰朋也病卒。齐桓公不禁想到仲父所说隰朋在他死后也将很快离世的话，越发念及仲父。之后齐桓公任命鲍叔牙为政。鲍叔牙不敢受命。桓公对鲍叔牙说，如今整个朝上都没人比你更好了，你还想让给谁？鲍叔牙对桓公说道，臣下好善恶恶，这是君王您所知道的。若一定要用我，请斥离易牙、竖刁、开方，臣乃敢奉命。齐桓公说，这件事仲父说过了，寡人听你的。于是即刻罢斥三人，不许入朝相见。

虽说如此，这三人被逐，但齐桓公食不甘味，夜睡不眠，话不开心，面无笑容。长卫姬趁此说道，君逐竖刁诸人，国政也没说有所增益，但君王却日益憔悴！何不把他们三人召回呢？桓公就说，我也想啊，但既逐又召，怕鲍叔牙不高兴。长卫姬说道，君王已老了，何必还自己受罪！您就说想吃好吃的，先把易牙召回，那竖刁与开方不就随后回来了吗！桓公就听了长卫姬的，先把易牙叫回来。

鲍叔牙当然向齐桓公进谏。齐桓公却说，这三人有益于寡人，对国政却没有害处啊！仲父所说，难免太过了！于是桓公不听鲍叔牙之谏，把开方与竖刁给先后召回。鲍叔牙随后就郁闷而死，齐国从此大坏！

管仲死后两年，到了齐桓公四十三年，齐桓公卧病在床。易牙与竖刁见此，就商量出一个计策，假造齐桓公旨意，在宫外举一牌子写道——齐桓公有病，怕听人声，不论是谁都不许入宫，由竖刁紧守宫门，易牙率领宫中甲士巡逻。所有国政都在齐桓公病愈后再处理。

假造旨意后，他们二人把住宫门，只让公子无亏住在长卫姬宫中，其他公子问安都不许齐见桓公一面！

过了三天，齐桓公还没病去。这二人将齐桓公左右侍奉之人通通赶出宫去，又把宫门关上。且在寝宫周围筑起一道三丈高墙，使得内外隔绝，密不通风。只在墙角开一小洞，早晚派一小内侍钻进去看齐桓公还有气没。一面在外面准备甲兵，以防众公子生变。

一代诸侯　死无人问

这年冬天十月乙亥日，齐桓公薨。易牙进宫，与竖刁共同杀了几位大夫，而扶立公子无亏为齐君。太子昭逃到宋国。

齐桓公生病时，五个公子各自结党争立太子。一旦齐桓公去世，他们便相互攻击，以致宫中无人，也没人敢把齐桓公装殓入棺。齐桓公的尸体在床上放了六十七天，蛆虫爬满了尸体，甚至爬到了门外。[19]直到公子无亏登基，这才将齐桓公的尸体装棺并向各国报丧。

在齐桓公的这些儿子中，前后有五人曾登君位：公子无

19　冯梦龙，蔡元放．东周列国志．北京：人民文学出版社，1978：277.

亏登基三个月后死去，没有谥号，然后是孝公（公子昭），接着是昭公（公子潘），再接下去是懿公（公子商人），最后是惠公（公子元）。

（孝公元年）三月[20]，宋襄公因为曾受管仲及齐桓公之托，故率诸侯军队送齐太子昭归国并讨伐齐国。时竖刁已被高虎诱而斩之；公子无亏被众大夫家将所杀；易牙连夜奔逃鲁国。[21]齐人将要立太子昭为齐君时，其余四个公子的徒众又进攻太子昭，太子昭逃到宋国，宋国因此又再次出兵与齐国四公子交战。五月，宋军战胜四公子并扶立太子昭为君，就是齐孝公。由于战乱，直到八月才安葬了齐桓公。

看齐桓公一生，在位四十三年，九合诸侯，存亡三国：立僖公以存鲁，城夷仪以存邢，城楚邱以存卫。有此三大功劳，故为五霸之首。[22]原因为何？皆听仲父之言耳。

然而，此一霸主，濒死之时无食无水；死后无子无妻在侧；蛆爬于外，子斗于宫。又是为何呢？一不听仲父、二不听鲍叔！却听长卫姬，又听齐“三贵”！前后荣辱反差，皆因听或不听而已！

20　冯梦龙，蔡元放．东周列国志．北京：人民文学出版社，1978：277.
21　同上，第277页。
22　同上，第190页。

05

第五章

不是刘邦能忍　是刘邦肯听

百战疲劳壮士哀，中原一败势难回。

江东子弟今虽在，肯与君王卷土来?

——王安石《叠题乌江亭》

项羽项家，世世代代为楚国大将。而刘邦，却只是一亭长出身，家族中毫无一点背景。但楚汉相争，却是楚灭、汉兴。这怎会不让后世的我们感到好奇呢？北宋大文豪苏轼也想找出答案，他自有他的看法，在他有名的《留侯论》中一针见血地说出个中关键：

> 观夫高祖之所以胜，而项籍之所以败者，在能忍与不能忍之间而已矣。项籍唯不能忍，是以百战百胜而轻用其锋；高祖忍之，养其全锋而待其弊，此子房教之也。当淮阴破齐而欲自王，高祖发怒，见于词色。由此观之，犹有刚强不忍之气，非子房其谁全之？

依苏轼之见，能忍与否为两人成败分野之关键。要忍，你可以说没志气，也可以说成大事者要能看到远处；不去忍，固然是具备英雄气概，恩怨分明，但也将宝贵资源一点一点耗费殆尽。如果只打一场以分胜负，毫无疑问会是资源众多、实力强者胜；但若是打持久战、消耗战，那就要比谁的气长了。

苏轼是后见之明的旁观者，那当事人可有只言片语来评价自己呢？我们来看看胜利一方汉高祖刘邦在洛阳宴请功臣将相时的对话：[1]

> 高祖曰："列侯诸将无敢隐朕，皆言其情。吾

1　司马迁．史记．哈尔滨：哈尔滨出版社，2017：172.

所以有天下者何？项氏之所以失天下者何？”

高起、王陵对曰：“陛下慢而侮人，项羽仁而爱人。然陛下使人攻城略地，所降下者因以予之，与天下同利也。项羽妒贤嫉能，有功者害之，贤者疑之，战胜而不予人功，得地而不予人利，此所以失天下也。”

高祖曰：“公知其一，未知其二。夫运筹策帷幄之中，决胜于千里之外，吾不如子房。镇国家，抚百姓，给馈饷，不绝粮道，吾不如萧何。连百万之军，战必胜，攻必取，吾不如韩信。此三者，皆人杰也，吾能用之，此吾所以取天下也。项羽有一范增而不能用，此其所以为我擒也。”

“能用人”，且不止一人为其所用是刘邦自认为的答案。刘邦认为项羽就一个范增都不能用，怎可能赢呢？

再看看败方怎么解读楚亡汉兴。

据《史记》载，当项羽到了垓下，只听到四面楚歌之声，我们看一下当时的情况：[2]

项王大惊失色说道：“汉皆已得楚乎？是何楚人之多也！”于是项王乃上马骑，麾下壮士骑从者八百余人，直夜溃围南出，驰走。平明，汉军乃觉之，令骑将灌婴以五千骑追之。项王渡淮，骑能属

2 司马迁．史记．哈尔滨：哈尔滨出版社，2017：147.

者百余人耳。等至东城，乃有二十八骑。汉骑追者数千人。项王自度不得脱。谓其骑曰："吾起兵至今八岁矣，身七十余战，所当者破，所击者服，未尝败北，遂霸有天下。然今卒困于此，此天之亡我，非战之罪也。今日固决死，愿为诸君快战，必三胜之，为诸君溃围，斩将，刈旗，令诸君知天亡我，非战之罪也。"

项羽固然是勇将，但他连说两次"非战之罪也"，只会把失败之因归于老天，表明他项羽至死还不明白他是因何而失败！

那《史记》的作者司马迁怎么评价他们呢？来看太史公怎么说：[3]

夫秦失其政，陈涉首难，豪杰蜂起，相与并争，不可胜数。然羽非有尺寸，乘势起陇亩之中，三年，遂将五诸侯灭秦，分裂天下而封王侯，政由羽出，号为"霸王"。位虽不终，近古以来未尝有也。及羽背关怀楚，放逐义帝而自立，怨王侯叛己，难矣。自矜功伐，奋其私智而不师古，谓霸王之业，欲以力征经营天下，五年卒亡其国，身死东城，尚不觉悟而不自责，过矣。乃引"天亡我，非用兵之罪也"，岂不谬哉！

3 司马迁．史记．哈尔滨：哈尔滨出版社，2017：148.

这是司马迁的角度。看来是众说纷纭，但笔者在此也表述下看法。上述原因都各有其理。但最最最关键者，则是如本书的主题所示：“听或不听”而已。请往下看。

项羽不能听

项羽不是没有人。刘邦所说他用的三个人之一——韩信，就曾在项羽麾下，但项羽用他了吗？同样地，刘邦虽没说出陈平之名，但陈平的功劳仅次于张良而已，司马迁在《史记》里还有“陈臣相世家”呢。但陈平也曾经是项羽属下。为何这两人都跑去刘邦那里呢？

◎ 一不听韩信

当项梁带领军队渡过淮河时，韩信跟随他，但没有出名。项梁战败，韩信又归属项羽，项羽任命他做了郎中。他曾多次向项羽献计以求得到重用，但项羽都没有采纳他的意见。

笔者认为，项羽之所以没听韩信、不用韩信，是犯了一个专业傲慢的失误。所谓专业傲慢，是指主事者本身有极佳的专业背景，如果他用的人也是同样背景，如项羽是武将，韩信也是；但项羽当时已有战场绩效来证明他的能耐，可韩信还没有。所以一个还没有绩效的销售人才或说营销人才去跟老板说他应该听新人的建议，这在事实上是很难的，因为专业的傲慢在作祟。

但项羽不是只有专业傲慢一项弱点而已，请再往下看。

◎ 二不听陈平

陈平也曾在项羽帐下。他说项羽："项王不能信人，其所任爱，非诸项，即妻之昆弟，虽有奇士不能用。"[4]

陈平点出项羽另一缺点——家族企业用人术。项羽家族如上所述，世代出自楚国将门，而今打天下当然也要让自家人掌握全部资源，掌握比例越高越是对家族有利，外人非我族类，赢了想分红利，输了也可以溜之大吉，家族招牌蒙羞也不是客卿的名号，叫他怎会敞开心胸用外人呢？

◎ 三不听范增

刘邦比项羽先入咸阳。一听说咸阳已经被沛公攻下，项羽大怒，就要攻打函谷关了。（这是不能忍之一例，动辄动用刀兵，孙武对此就非常不以为然。请回看第三章吴越相争，为何是越灭吴。）

亚父范增此时跟项羽说："沛公住在山东的时候，贪图财货，宠爱美女。现在进了关，财物什么都不取，美女也没亲近一个。看这架势，他的志气可不小啊。还望您尽快进攻，不要错失良机！"[5]

就算之前谁都不听也没事，只要这时听范增的真把刘邦杀了，我们今天就不会叫作"汉族"，可能就是"楚族"了。但

4　司马光．资治通鉴．北京：中国文联出版社，2000：77.

5　司马迁．史记．北京：中国文联出版社，2016：91.

此时项伯出来搅局。项伯是项羽的叔父，一向跟张良很要好。张良此时请项伯斡旋，说来日沛公会亲自去鸿门请罪。

隔日，沛公便带着一百多名侍从来见项王。到了鸿门，向项王请罪说："我跟将军合力攻秦，将军在河北作战，我在河南作战。却没想到我能先攻破秦而入关，所以才能够在这里又见到您。现在是有小人说了什么坏话，才使得将军和我之间产生了隔阂。"项王说："是曹无伤，您的左司马说的。不然我怎知道呢！"[6]项王就留沛公一起喝酒。

项王、项伯面朝东坐，亚父范增面朝南坐。沛公面朝北坐，张良面朝西陪侍着。范增好多次给项王递眼色，又频繁举起身上佩戴的玉玦，向他示意早点动手杀了沛公。项王只是沉默着，并没有反应。然后白白让刘邦溜走！

之后，项羽去救援彭城时，追赶刘邦到荥阳，这时齐地被田横收复，诸侯又都背叛了汉王而归附于楚。汉王在荥阳驻扎，筑起甬道连接黄河南岸，用以取得敖仓的粮食。汉三年（前204），汉军的甬道多次受到项王的攻击，汉王的粮食匮乏，心里恐慌，请求讲和，条件是把荥阳以西的地盘划归汉王。项王打算接受这个条件。范增此时说："汉军现在容易对付了，如果不征服他而把他放走，以后一定会后悔的！"于是项王和范增立即包围了荥阳。

哪知此时汉王用陈平的计策离间项王与范增，以致项羽不听范增之言！

6　司马迁．史记．北京：中国文联出版社，2016：91.

项羽唯有一范增而不能用。犹怪天乎？

刘邦能听

◎ 一听郦食其

刘邦刚起兵时经过高阳。当时郦食其负责看管高阳城门，他说："各路将领经过此地的多了，我看只有沛公才是个德行高尚且忠厚老实的人。"于是前去求见刘邦。刘邦当时正叉开两腿坐在床上，让两个女子给他洗脚。郦食其见了并不叩拜，只是略微俯身做了个长揖，说："如果您要诛灭无德的暴秦，就不应该坐着接见长者。"于是刘邦站起身来，整理衣服，向他道歉，请他坐上座。[7]

◎ 二听萧何

汉王刘邦入蜀，韩信离开楚军归附了汉王。因为没人知道他，所以所以只能做个接待宾客的小官。后来因触法当被判处斩刑，一同的十三人都被杀了，轮到韩信，他抬头仰视，正好看着滕公。韩信说："汉王不想成就一统天下的伟业吗？那为什么要斩壮士？"滕公觉得此人不同寻常，又见他相貌堂堂，就释放了他。和韩信交谈一番后，腾公很赏识他，把这事告诉了汉王，汉王于是任命韩信为治粟都尉。但汉王也没注意到他有什么特殊才能。

7　司马迁．史记．北京：中国文联出版社，2016：105.

韩信曾多次跟萧何谈话，萧何认为韩信是个人才。到达南郑后，各路将领在途中逃跑的有几十人。韩信推测萧何等人已经很多次向汉王举荐自己，但看来汉王毫无用他的迹象，于是也就逃走了。萧何知道韩信逃走，还来不及向汉王报告就亲自去追他（萧何月下追韩信）。有人报告汉王说丞相萧何逃跑了，汉王非常生气，因为刘邦没萧何就如没了左右手。过了两天，萧何回来拜见汉王，汉王又是生气又是高兴，来看一下当时的情况：[8]

> 汉王骂萧何道：“你逃跑是为什么？”
>
> 萧何说：“我不是逃跑，我是去追逃跑的人。”
>
> 汉王说：“你追的人是谁？”
>
> 萧何回答说：“是韩信。”
>
> 汉王又骂道：“各路将领逃跑了几十人，你都没去追；却去追韩信，这是谎话。”
>
> 萧何：“那些将领容易找到。至于像韩信这样杰出的人才，普天之下找不出第二个。大王如果要长期在汉中称王，当然用不到韩信；如果一定要夺取天下，除了韩信就再没有可以和您商议大事的人了。但看大王怎么决定了。”
>
> 汉王：“我是要向东发展啊，怎么能够甘心苦闷地长期待在这里呢？”
>
> 萧何：“大王决定向东发展，如果能够重用韩信，韩信就会留下来，不能重用，韩信最终还是要逃跑的。”

8 司马迁．史记．北京：中国文联出版社，2016：719.

汉王："既然你这么说，就让他做个将军。"

萧何："即便是做了将军，韩信也一定不肯留下。"

汉王："那我任命他做大将军。"

萧何："那就太好了。"

于是汉王就要把韩信召来任命他。

萧何又说："大王一向对人轻慢，不讲礼数，现在任命大将军就像招呼小孩一样。这就是韩信要逃跑的原因啊。大王如果真要任命他，就要选个好日子，亲自斋戒，设立高坛和广场，礼仪要筹备对才可以呀。"

汉王答应了萧何的要求。等众将听说要拜大将军都很高兴，人人都以为自己要当大将军了。哪知一宣布，才知被任命的竟然是韩信，全军都感到十分诧异。

◎ 三听韩信

汉王拜韩信为大将军后，两人坐下相谈。

汉王曰："丞相数言将军，将军何以教寡人计策？"

韩信谢，因问王曰："今东向争权天下，岂非项王邪？"

汉王曰："然。"

曰："大王自料勇悍仁强孰与项王？"

汉王默然良久，曰：“不如也。”

信再拜贺曰：“惟信亦为大王不如也。然臣尝事之，请言项王之为人也。”

接着，韩信就说出帮刘邦奠定汉室江山的《汉中对》。

在这，笔者要挺一下韩信，只因后世的我们皆知有诸葛亮的《隆中对》而不知有韩信的《汉中对》！这都要怪罗贯中把《三国演义》写得太神了，才让诸葛亮享此盛名。《隆中对》当然是篇好文章，更是一篇极棒的策略规划范本，在笔者所著《一次学会产品经理都在做的事》[9]一书中就详细分析过。但可惜的是，诸葛亮的《隆中对》只实践一半到三分天下的阶段！欲成大业则未有所成！而韩信所奏的《汉中对》（因此时汉王在南郑拜韩信为大将军，南郑即汉中也，故笔者称之为《汉中对》）不但分析对手（项羽）时入木三分，且分析现实情况时鞭辟入里，日后照此执行终至灭楚兴汉。《汉中对》之被忽视实在为憾！

拉回来。此刻韩信回说：[10]

项王喑噁叱咤，千人皆废，然不能任属贤将，此特匹夫之勇耳。项王见人恭敬慈爱，言语呕呕，人有疾病，涕泣分食饮，至使人有功当封爵者，印刓敝，忍不能予，此所谓妇人之仁也。项王虽霸天

---

9 朱成．一次学会产品经理都在做的事．台北：创见出版社，2017：39-43.

10 司马迁．史记．哈尔滨：哈尔滨出版社，2017：1143.

下而臣诸侯，不居关中而都彭城。有背义帝之约，而以亲爱王，诸侯不平。诸侯之见项王迁逐义帝置江南，亦皆归逐其主而自王善地。项王所过无不残灭者，天下多怨，百姓不亲附，特劫于威强耳。名虽为霸，实失天下心。故曰其强易弱。

今大王诚能反其道：任天下武勇，何所不诛！以天下城邑封功臣，何所不服！以义兵从思东归之士，何所不散！且三秦王为秦将，将秦子弟数岁矣，所杀亡不可胜计，又欺其众降诸侯。至新安，项王诈坑秦降卒二十余万，唯独邯、欣、翳得脱，秦父兄怨此三人，痛入骨髓。今楚强以威王此三人，秦民莫爱也。大王之入武关，秋毫无所害，除秦苛法，与秦民约，法三章耳，秦民无不欲得大王王秦者。于诸侯之约，大王当王关中，关中民咸知之。大王失职入汉中，秦民无不恨者。今大王举而东，三秦可传檄而定也。

于是汉王大喜，自以为得信晚，遂听韩信之计。

◎ 四听张良

谏沛公　舍咸阳

沛公先进咸阳，秦王子婴投降于沛公。当沛公进入秦朝宫殿，那里的宝物、美女不计其数，沛公本酒色之徒，一见此景自是想留下住在宫里。樊哙劝沛公到外面去住，沛公不听。

张良对沛公说，正因秦朝暴虐无道，所以沛公才能来到这里。替天下铲除凶残的暴政，应该以清廉朴素为本。现在一来到秦都，就想要享乐，这正是人们说的“助桀为虐”。况且“忠言逆耳利于行，良药苦口利于病”，希望沛公能听樊哙的意见。沛公这才回军驻扎在灞上。[11]

借项伯　解鸿门

因为义帝有“先入关中者为王”这许诺，结果竟让沛公捷足先登，项羽自是愤愤不服。当项羽来到鸿门，就想要攻打沛公，项伯于是连夜到沛公的军营，私下会见张良，想让张良跟他一起走（他二人原是旧识，张良曾帮过项伯）。但张良此时是替韩王伴送沛公的，如今遇此情况，要张良逃走是不合道义的。于是张良就把这个情况赶紧告诉了沛公。沛公很吃惊，就问如今该怎么办呢？张良问：“沛公是真的想背叛项羽吗？”沛公说：“是有人怂恿我封锁函谷关不要让诸侯们进来，说这样就可以占据秦的土地了，于是我就听从了这意见。”张良又说：“沛公自己揣度一下能够打退项羽吗？”沛公沉默了好一会儿，说：“不可能的。那现在该怎么办呢？”张良于是坚决邀请项伯见沛公。

等项伯见了沛公，沛公与项伯一同饮酒，并为他敬酒祝寿，结为亲家。张良请项伯向项羽说明沛公并不敢背叛项羽，沛公之所以封锁函谷关，只是为了防备其他的强盗。等到沛公见了项羽以后，取得谅解，沛公这才躲过鸿门宴！[12]

11　司马迁．史记．北京：中国文联出版社，2016：482.
12　同上。

之后张良厚赠项伯，并请项伯替沛公去向项王请求把汉中地区封给沛公。项王答应了，沛公于是得到了汉中，这就成为了汉王。

烧栈道　稳项王

汉王到封地去，张良将他送到褒中，汉王让张良返回韩国。张良便劝告汉王说："大王何不烧掉所经过的栈道，向天下表示不再回来的决心？这样也可以稳住项王的心。"汉王便烧了所有的栈道。[13]

舍封地　得三将

项羽最终还是不肯派韩王回韩国，于是把他贬为侯，在彭城杀了他。张良逃跑，抄小路又回到汉王那里，汉王此时也已回军平定三秦。汉王又封张良为成信侯，跟着军队东征楚国。到了彭城，汉军兵败。等刘邦行军至下邑，刘邦下马倚着马鞍问张良："我打算舍弃函谷关以东一些地方作为封赏，（你看）谁能够帮我一起破楚立功呢？"

张良进言说："九江王黥布是楚国的猛将，同项王有隔阂；彭越与齐王田荣在梁地反叛楚国。这两个人可立即利用。汉王的将领中唯有韩信可以托付大事，独当一面。如果要舍弃这些地方，就把它们送给这三个人，那么就可以打败楚国了。"

13　司马迁．史记．北京：中国文联出版社，2016：483.

汉王于是派人去游说九江王黥布，又去联络彭越。等到魏王豹反汉，汉王派韩信率兵攻打他，乘势攻占了燕、代、齐、赵等国的领地。而最终击溃楚国的，正是这三个人的力量。[14]

说八不　驳授印

到了汉王三年，项羽把汉王紧紧地围困在荥阳，汉王惊恐万分，与郦食其商议有何办法能削弱楚国的势力。郦食其说："昔日商汤讨伐夏桀，封夏后人于杞国。周武王讨伐商纣，封商后人于宋国。如今秦朝丧失德政、不行道义，侵伐诸侯各国，消灭了六国的后代，使他们毫无立足之地。陛下若能重封六国的后裔，这样六国的君臣百姓一定都感戴陛下的恩德，无不归顺，甘愿做陛下的臣民。如此陛下就可以面南称霸，楚王只好整肃衣冠恭恭敬敬地来朝拜了。"[15]

汉王听其说完认为这主意好，就要郦食其赶快刻制印信，让他带着这些印信出发。

这时郦食其还没有动身，张良从外面回来拜见汉王。汉王当时正在吃饭，见到张良进来就对张良说此计策，然后问张良觉得如何。[16]

14　司马迁．史记．北京：中国文联出版社，2016：483.
15　同上。
16　司马迁．史记．哈尔滨：哈尔滨出版社，2017：754.

张良说："谁为陛下出此计者？陛下事去矣！"

汉王曰："何哉？"

张良对曰："臣请藉前箸为大王筹之。"继而曰："昔者汤伐桀而封其后于杞者，度能制桀之死命也。今陛下能制项籍之死命乎？"

曰："未能也。"

"其不可一也。武王伐纣封其后于宋者，度能得纣之头也。今陛下能得项籍之头乎？"

曰："未能也。"

"其不可二也。武王入殷，表商容之闾，释箕子之拘，封比干之墓。今陛下能封圣人之墓，表贤者之闾，式智者之门乎？"

曰："未能也。"

"其不可三也。发钜桥之粟，散鹿台之钱，以赐贫穷。今陛下能散府库以赐贫穷乎？"

曰："未能也。"

"其不可四矣。殷事已毕，偃革为轩，倒置干戈，覆以虎皮，以示天下不复用兵。今陛下能偃武行文，不复用兵乎？"

曰："未能也。"

"其不可五矣。休马华山之阳，示以无所为。今陛下能休马无所用乎？"

曰："未能也。"

"其不可六矣。放牛桃林之阴，以示不复输积。今陛下能放牛不复输积乎？"

曰："未能也。"

"其不可七矣。且天下游士离其亲戚，弃坟

墓，去故旧，从陛下游者，徒欲日夜望咫尺之地。今复六国，立韩、魏、燕、赵、齐、楚之后，天下游士各归事其主，从其亲戚，反其故旧坟墓，陛下与谁取天下乎？其不可八矣。且夫楚唯无强，六国立者复桡而从之，陛下焉得而臣之？诚用客之谋，陛下事去矣。”

汉王一听完张良这“八不可”，饭也吃不下了，吐出来骂道：“竖儒，几败而公事！”于是赶快下令销毁那些印信。

立齐王　得韩信

到了汉高祖四年（前203），韩信平定了整个齐国。他派人向汉王上书，说：“齐国多变，反复无常，南面的边境与楚国接壤，如果不设立一个暂时代理的假王来镇压安抚，局势一定不稳。为了稳住当前的局势，请允许我暂代齐王。”正在这个时候，楚军在荥阳团团地围困住汉王，等韩信的使者到，汉王打开书信一看，非常生气，骂道：“我在这儿被包围，日夜想让你来援助我，你却想自立为王！”张良、陈平暗中踩汉王的脚提醒，凑近汉王的耳边说：“目前汉军处境很不利，怎么能不让韩信称王呢？不如就趁这个机会册立他为王，好好对待他，让他坚守齐国。不然可能发生变乱。”汉王明白过来，又假装骂道：“大丈夫平定了诸侯，就做真的王，为什么做个假王呢？”于是派张良前去册立韩信为齐王，但也同时征调他的部队攻打楚军。[17]

17　司马迁．史记．北京：中国文联出版社，2016：112.

弃鸿沟　要天下

等到汉军兵卒士气愈来愈旺、粮草充足，项王士卒却疲惫不堪、粮食告绝。汉王派陆贾去劝说项王，要求放回太公。项王不答应。汉王又派侯公去劝说项王，项王才跟汉王定约，平分天下，鸿沟以西的地方划归汉，鸿沟以东则划归楚，项王同意了，便马上放回了汉王的父亲与妻子。

项王订约后，就带上队伍罢兵东归。汉王也想撤兵西归，陈平和张良却劝他说："我们已占据大半的天下，诸侯又都归附于汉，而楚军已兵疲粮尽，这正是上天亡楚之时，不如趁此机会索性把他消灭。如果现在放走项羽，这就是所谓的养虎为患。"[18]汉王就听了他们的建议，返兵东进。

◎ 五听陈平

当楚军把汉王围困在荥阳城时，汉王曾对陈平说，天下如此动乱，不知何时才能安定？陈平回说："项王为人谦恭有礼，恭敬爱人，节操清廉，士人都愿意归附他。至于论功行赏、授爵封邑时，他却又吝啬这些爵邑，有才能的人因此又不愿归附于他。如今大王傲慢又不注重礼仪，有清廉节操的士人都不愿意来；但是大王能够舍得给人爵位、食邑，那些圆滑没有骨气、好利无耻之徒又多归附汉王。不过楚军方面有着可以攻破的地方，项王那里刚直的臣子像亚父范增、

18　司马迁 . 史记 . 北京：中国文联出版社，2016：98.

钟离眛、龙且、周殷之辈，不过几个人而已。大王如果舍得拿出几万斤黄金，施行反间的计谋，即可离间楚国的君臣，让他们互生怀疑之心，项王为人猜忌多疑，听信谗言，他们内部一定会互相残杀。汉军可趁机发兵攻打他们，击败楚军是一定的事。”[19]

汉王认为陈平说得对，于是拿出黄金四万斤给陈平，听凭他使用，不再过问他的黄金支出情况。陈平就用这些黄金进行离间活动。

陈平在楚将中扬言钟离眛等人身为楚王将领，居功甚大，但始终不能划地封王，他们打算跟汉王联合起来，消灭项王，瓜分楚国的土地，各自称王。

项羽果然猜疑了，就不再信任钟离眛等人。项王又派使者到汉军那里打探虚实。汉王特地准备丰盛酒宴命人端进。见到楚王的使者，汉王就佯装吃惊地说，本以为是亚父的使者，原来竟是楚王的使者！又让人把酒肴端走，换上粗劣的饭菜端给楚王的使者吃。楚王使者回去以后，把这些情况禀报给项王，遂果然怀疑起亚父。亚父范增想急速攻下荥阳城，项王不信任他，不肯听他的意见。范增闻知项王在怀疑自己，就生气地说：“天下大事已定，君王自己干吧！我请求辞官告老还乡！”他在路上就因背上毒疮发作而病死。陈平于是夜里让两千名妇女从荥阳城东门出去，楚军发动攻击，陈平就与汉王从荥阳西门出城逃离。汉王随即进入关

19 司马迁．史记．北京：中国文联出版社，2016：490.

中，召集败散的士兵再次东进。[20]

韩信之死

虽说韩信帮刘邦打下天下，但韩信自己却看不出刘邦心性，以致功成身亡！其中韩信也是有机会跟汉楚抗衡的，可惜啊！

当龙且阵亡时，项王开始怕了，就派武涉去游说齐王韩信：[21]

武涉曰："天下共苦秦久矣，相与勠力击秦。秦已破，计功割地，分土而王之，以休士卒。今汉王复兴兵而东，侵人之分，夺人之地，已破三秦，引兵出关，收诸侯之兵以东击楚，其意非尽吞天下者不休，其不知厌足如是甚也。且汉王不可必，身居项王掌握中数矣，项王怜而活之，然得脱，辄倍约，复击项王，其不可亲信如此。今足下虽自以与汉王为厚交，为之尽力用兵，终为之所擒矣。足下所以得须臾至今者，以项王尚存也。当今二王之事，权在足下。足下右投则汉王胜，左投则项王胜。项王今日亡，则次取足下。足下与项王有故，何不反汉与楚连和，参分天下王之？今释此时，而自必于汉以击楚，且为智者固若此乎！"

韩信谢曰："臣事项王，官不过郎中，位不过

20 司马迁．史记．北京：中国文联出版社，2016：491.
21 司马迁．史记．哈尔滨：哈尔滨出版社，2017：1146.

执戟，言不听，画不用，故倍楚而归汉。汉王授我上将军印，予我数万众，解衣衣我，推食食我，言听计用，故吾得以至于此。夫人深亲信我，我倍之不祥，虽死不易。幸为信谢项王！”

韩信确实够讲义气。

武涉走后，齐国人蒯通看出天下胜负的关键在于韩信，想出奇计打动他，就以看相的名义来见韩信，说：[22]

“看您的面相，只不过封侯，而且还有隐患。看您的背相，显示出富贵但是不能说。”

韩信说：“这话是什么意思呢？”

蒯通说：“楚汉相争已经三年了。将士的士气因长期困于险要关塞而被消磨，仓库的粮草也消耗完了，百姓苦累，怨声载道，人心不安，无依无靠。……现在刘、项二王的命运都系在您的手中。您帮助汉王，汉王就胜；帮助楚王，楚王就胜。如果您愿听从我的计划，您和他们三分天下，鼎足而立，就没有谁敢轻易起兵进犯。凭您的才能和德行，现在兵多将广，占据了齐国，逼迫燕、赵降服，出兵到刘、项两军空虚的地方，就可牵制他们的后方。顺应民心，向西去阻止刘、项的争斗，为军民百姓请求保全性命，这样的话，天下就会很快地群起而响应您，有谁敢不从呢！”

22　司马迁．史记．北京：中国文联出版社，2016：726.

韩信说："汉王给我的待遇十分优厚，他的车子给我坐，他的衣服给我穿，他的食物给我吃。我听人说，坐别人车子的人，要分担别人的祸患；穿别人衣服的人，心里要想着人家的忧虑；吃别人食物的人，要为别人的事业誓死效忠，我怎么能够贪图私利而背弃信义呢？"

蒯通又说："您自以为和汉王交好，想建立流传后世的功绩，我个人认为这种想法错了。您想要用忠诚、信义（与汉王结交），一定比不上张耳和陈余之间。而你们互相的关联事件又比张魇、陈泽的事件严重得多，所以我认为您断定汉王不会加害于您，也是错了。大夫文种、范蠡使濒临灭亡的越国留存下来，帮助勾践灭吴，谁知事成之后，范蠡被迫逃亡，文种被逼自杀。野兽已经捕完了，猎犬就被杀来吃了。从这两个例子看，足够您判断了。希望您好好地考虑。"

韩信说："先生，暂时说到这里吧！让我考虑一下。"

韩信最后还是谢绝蒯通，蒯通见韩信不采纳他的建议，就装疯癫做巫师去了。

等到项羽灭亡，汉高祖刘邦用突袭手段把齐王韩信的兵权给夺回了。到了汉高祖五年（前202），改封齐王韩信为楚王（因韩信是楚人），都城定在下邳。

项王死后，钟离眛逃出来投奔韩信。汉王听说他藏在楚国，便下令楚国抓捕钟离眛。韩信刚到楚国，每当巡视他的县邑时，进进出出都带着装备齐全的卫队。汉高祖六年（前201），有人上书告发韩信密谋造反。汉王采用陈平的计谋，假托天子外出巡视会见诸侯。南方有个云梦泽，于是派使臣告知各诸侯到陈县聚会，说他要去巡视云梦泽。其实是要偷袭韩信，韩信却还没察觉出来。

汉王就快要到楚国的时候，韩信曾经想起兵造反，又认为自己没有罪过，想朝见汉王，又怕被抓。就有人对韩信说，杀了钟离昧去见皇上，皇上定会很高兴，您也就没有灾祸了。韩信就去与钟离昧商量。钟离昧对韩信说：“汉王之所以不进攻楚国，是因为我在您这里，您想抓我取悦汉王，我今天死了，您也马上会死的。”于是刎颈自杀。[23]

韩信拿着钟离昧的人头到陈县拜见汉王。汉王命令武士绑住了韩信，押在随行队伍的车上。韩信说：“果若人言，‘狡兔死，良狗烹；高鸟尽，良弓藏；敌国破，谋臣亡。’天下已定，我故当烹！”[24]

到洛阳之后，汉王赦免了韩信，改封淮阴侯。陈豨被委任为钜鹿郡守，来向淮阴侯告别。淮阴侯拉着他的手避开身边侍从在庭院里散步，抬头望着苍天叹息说：“您能听听我的心里话吗？有些心里话想跟您说说。”陈豨说：“一切听从将军吩咐！”淮阴侯说：“您管理的区域，是天下精兵汇聚的地方；而您，是皇上信任的臣子。假如有人告发说您造反，皇上一定不会相信；再一次告发，陛下就起疑心了；第三次告发，皇上定然大怒而亲自率兵前来攻打。我为您在京

23 司马迁．史记．北京：中国文联出版社，2016：728.
24 司马迁．史记．哈尔滨：哈尔滨出版社，2017：1148.

城做内应，天下就可以到手了。”陈豨一直知道韩信才智无双，始终没有怀疑过，说：“我一定听从您的指教！”[25]

汉高祖十年（前197），陈豨果然造反。皇上亲自领兵马前往讨伐，韩信推说自己有病没有跟随前去。他暗中派人到陈豨处说：“只管发兵，我在这里帮助您。”韩信和家臣商议，夜里假传诏书释放各个官府服役的罪犯和奴隶，想要发动他们去攻击吕后和太子。部署完毕，等待着陈豨的消息。谁知韩信的一个家臣得罪了他，他把家臣关了起来，想要杀掉他。这个家臣的弟弟上书吕后告发了韩信准备谋反。吕后想要把韩信召来，又害怕他不肯就范，就和萧何谋划，令人谎称自己从皇上那儿来，说陈豨已被抓获处死，所有臣子都来祝贺。萧何欺骗韩信说：“即便是你有病，也要强打精神进宫来庆祝吧。”韩信进宫，吕后命令武士把韩信绑了起来，在长乐宫把他杀了。（这就是成也萧何、败也萧何的典故。）

韩信临被斩时说：“吾悔不用蒯通之计，乃为儿女子所诈，岂非天哉？”[26]于是朝廷诛灭了韩信三族。

若论楚汉相争，为何是楚亡汉兴？苏轼说是刘邦能忍、项羽不能忍。刘邦自己则说是他能用人。项羽则说非战之罪也，是老天要亡他。司马迁则说，项羽只知攻伐，而不会经营天下。韩信又说项羽是妇人之仁。笔者则要说，是刘邦能听，而项羽不能听。

25 司马迁．史记．北京：中国文联出版社，2016：729.
26 司马迁．史记．哈尔滨：哈尔滨出版社，2017：1148.

06

第六章

为何是屋大维赢了安东尼

要成为一位领导者，必须具备以下五种特质：智慧、说服力、忍耐力、自控力和坚强的意志。罗马的恺撒拥有全部的特质。

恺撒与庞培

公元前49年1月7日，担任元老院议长的执政官马尔凯鲁斯要求元老院众位同僚举手表决：[1]

（1）高卢的行省总督恺撒，应服从元老院的归国命令。

（2）继位者为公元前54年的执政官阿赫诺巴尔布斯，他有立即在意大利境内征集四千名志愿兵的权力。一旦编组完成即可前往北义行省任地。

（3）恺撒返回首都亲自递交执政官候选人登记书。

与此同时，元老院最厉害的一招“元老院最终劝告”被提了出来，不服从元老院与庞培（决定之事）的人将成为国家的敌人，等同为国贼，无须审判就可被执行死刑！

卢比孔河，这条位于意大利北部的河流，当时是罗马本国与北义行省的边界。带兵将领要是越过卢比孔河进入罗马本土，就是触犯罗马法律。此刻，站在岸边的恺撒沉默了，因为“越过此河，将是悲惨的人间世界。但若不越过，吾将毁灭。”[2]

只见恺撒转过身对跟他出生入死转战高卢8年的忠诚将士们说：“前进吧，到诸神等待的地方，到侮辱我们的敌人

1　盐野七生．罗马人的故事Ⅳ：恺撒时代（上）．张伟，译．北京：中信出版社，2013：316.

2　同上，第325页。

所在之处，孤注一掷！”[3]

将士们也以雄壮的声音响应他们追随的主帅。于是他们渡过了卢比孔河。那一天是公元前49年1月12日。罗马内战的序幕——恺撒与庞培的对抗就此拉开。

之后，陆续爆发下列战役：[4]

★ 都拉斯战役（公元前48年7月6日）。双方预先接触的第一战，庞培胜。

★ 法萨卢斯会战（公元前48年8月9日）。这一战庞培大败，庞培先逃往希腊，又逃去埃及，但竟然在埃及亚历山大港外准备靠岸的小舟上被托勒密十三世的人及罗马驻军给杀了，庞培死的这天是公元前48年9月28日。

★ 亚历山大港战役。恺撒到了埃及，托勒密十三世把庞培人头给了恺撒，本意是告诉恺撒可以走了。但恺撒卷入托勒密十三世跟他的姐姐，即有名的埃及艳后克娄巴特拉之间的王位之争。托勒密十三世战死。恺撒在公元前47年3月27日进入亚历山大港内，之后克娄巴特拉当上埃及女王。

★ 小亚细亚法尔纳凯斯会战（公元前47年6月）。恺撒给元老院的战报就短短几语：“我来，我见，我征服”。

★ 北非塔普苏斯会战（公元前46年4月6日）。小加图兵败自杀！

3　盐野七生．罗马人的故事Ⅳ：恺撒时代（上）．张伟，译．北京：中信出版社，2013：325.

4　盐野七生．罗马人的故事Ⅴ：恺撒时代（下）．谢茜，译．北京：中信出版社，2013.

★ （还有最后针对庞培余党的）西班牙孟达会战（公元前45年）。恺撒当年的左右手拉比埃努斯战死，庞培长子格涅乌斯战死。庞培次子塞克斯图斯逃走。这一天是公元前45年3月7日。恺撒与庞培之争落幕，恺撒成为罗马最有权势的人。

恺撒、安东尼与屋大维

安东尼，在公元前47年恺撒出任独裁官后，曾经担任骑兵团团长的他成了罗马世界的第二号人物。他多次跟随恺撒征战，他的母亲也跟恺撒同属尤里乌斯家族，他与恺撒相差18岁，所以一直以恺撒的接班人自许。

屋大维，他的生父是元老院议员，但在屋大维幼年时就已过世，母亲不久也改嫁，所以屋大维跟姐姐一同由祖母尤利娅抚养。尤利娅是恺撒的妹妹，少年屋大维是在恺撒家中成长的。对屋大维来说，恺撒既是舅公，也是他心中的偶像。

恺撒被刺　遗嘱公布

公元前44年恺撒公开宣布他要远征帕提亚，预定在这年的3月18日出发，这是他有生之年非达成不可的理想——报仇雪耻！原因是在9年前，克拉苏在帕提亚惨败，有一万名罗马士兵被俘，全被赶到帕提亚王国东北边境终身服役，也就是流放。虽然不知还有多少人活着，但以罗马人的传统，恺撒必须解救他们，一雪前耻。在出师之前，他还必须到元老院去把国内及外省的重要人事任命案公布，会议定在3月15日。这天也成了西方人永不会忘记的一天。

恺撒预计这次远征需要两年时间，故而他早已确定这两年内本国及各行省的行政及军事负责人选。与此同时，恺撒要求全体元老院议员集体宣誓，视恺撒的敌人为自己的敌人，且要誓死保护恺撒的人身安全。在得到全体议员的保证后，恺撒立即解散了由西班牙和日耳曼人组成的护卫队。

然而，自恺撒公布远征帕提亚后，关于恺撒想称帝的谣言甚嚣尘上。因为在罗马人信奉的预言里，只有帝王才能征服帕提亚。同时恺撒属下安东尼也做出思虑不慎的轻率举动。

每年2月，罗马都要举行牧神节的盛大祭祀。恺撒在大竞技场观看比赛的当天，年轻的执政官安东尼向坐在观众席中央的恺撒献上了王冠。虽然当时也有拍手称赞者，但大多数人还是为此倒吸了一口冷气，毕竟罗马人对帝制异常敏感。恺撒立刻意识到安东尼献上王冠事件的严重性，他即刻命人在古罗马广场一角矗立的大理石柱上刻下这么一句话："执政官马克·安东尼希望终身独裁官盖乌斯·尤里乌斯·恺撒接受王者权威，被恺撒拒绝。"希望以此终结自己想称帝的谣言。但是一个月后的3月15日，恺撒在元老院被暗杀！这年他56岁。

3月15日是恺撒出征前最后一次元老院会议举行的日子。大家都相信恺撒是战无不胜的，征服帕提亚是迟早的事，只是一旦恺撒凯旋，那将谁也无法阻止他称帝。所以这一天就是密谋者们的最后机会。

元老院原是禁止携带武器进入的，但大家刚宣完誓要对恺撒效忠还要保护他，以致恺撒解散了护卫队。现在他身边虽有一支24人的近卫队，但并没携带武器，且在会场也跟恺撒有一段较远的距离，密谋者们想必是认定再也没有更好的机会了。他们将短剑藏在托加（当时罗马服装）里带进会场，现在他们唯一担心的就是恺撒身旁的安东尼。安东尼的勇武堪比角斗士，他们没有信心能制服得了他，所以就派人借故把他引开。

上午10点左右，会议准备召开，恺撒也进入会场，惨案就在这瞬间发生！这天是3月15日，The ides of March就成为西方人永远不会忘记的一天。

奇怪的是，恺撒被刺后，整个元老院跑到空无一人！行刺者有14人，都跑了。安东尼，也跑了。凶手们相继奔出会场，沿途高喊“我们自由了”“暴君死了”，但无人回应。由于沿途百姓听到先跑出来的议员们说恺撒被刺杀了，大家都回家躲了起来，整个街上空无一人！

恺撒呢？他倒在了元老院。当他遇刺的消息传到他宅邸时，他的妻子卡尔普尼娅当场晕了过去，奴隶们也不知所措。当天下午，有三个忠心耿耿的奴隶把他的遗体给偷运出来，经医生检查，他身上有23处创伤，其中只有胸前的一剑是致命伤。[5]

第二天，主凶马库斯·布鲁图在古罗马广场发表公开演讲，他说刺杀恺撒不是出于对恺撒的恨，而是因为对国家

5　盐野七生．罗马人的故事V：恺撒时代（下）．谢茜，译．北京：中信出版社，2013：263.

的爱胜过对恺撒的爱！为了捍卫罗马人的自由他们是不得已的。他讲完，一位叫秦纳的人登上讲台。他并非刺杀团伙之一，但在得知此事后他立即对暗杀者们表示支持。他一开口就攻击恺撒，还不允许为恺撒举行葬礼，说恺撒遗体只能丢到台伯河里去！他这一说，被激怒的听众向讲台奔去，使得刺杀联盟的成员只能在自家奴隶的保护下赶紧逃到前一天藏身的卡匹托尔山神庙去。

在恺撒被刺4个小时后，安东尼和恺撒遗孀及她父亲还有其他几位恺撒亲信，一起见证恺撒遗嘱。遗嘱写于6个月前，记录日是公元前45年9月15日。在此之前安东尼都不知有此遗嘱。遗嘱内容是：[6]

一、恺撒所有资产的四分之三，由盖乌斯·屋大维乌斯与阿提娅之子屋大维继承。

二、剩下的四分之一由路奇乌斯·皮纳利乌斯和昆图斯·佩提乌斯平均继承。

三、如第一继承人屋大维主动放弃继承权，其权利由德奇姆斯·布鲁图继承。

四、如第一继承人实行继承，则德奇姆斯·布鲁图与马克·安东尼两人为遗嘱执行监督人。同时若卡尔普尼娅生下恺撒遗腹子，上述两人同为遗腹子监护人。

五、第一继承人屋大维在继承资产的同时，自

6 盐野七生．罗马人的故事V：恺撒时代（下）．谢茜，译．北京：中信出版社，2013：265.

动成为恺撒的养子，并改用恺撒的家族姓氏。

六、赠与所有住在首都的罗马市民每人300塞斯特斯（当时罗马货币），并将台伯河西岸恺撒名下的花园捐给市民作为公共场所。该项由第一继承人实行。

恺撒遇刺时，屋大维只有18岁半。恺撒给他家族名，也就是向全世界宣布屋大维是恺撒的继承人。

对此，最感到失望与诧异的无疑就是安东尼与克娄巴特拉了。事件发生当下，她和恺撒的私生子恺撒利昂也在罗马。但遗嘱里对她母子一字未提。她带着恺撒利昂秘密回到埃及，离开这个伤心地。

但可能最最失望的还是安东尼！多年来他一直是恺撒的左右手，他认为自己日后成为恺撒继承人是顺理成章的事，但恺撒竟然选了一个体弱多病，连指挥一个大队的经验都没有的18岁孩子做继承人，不要说是安东尼，别人想必一样无法理解！

但安东尼（以及其他人）可能情绪一下没转过来，所以不理解这个决定。因为半年前恺撒立下遗嘱的时候，他怎知他只有半年生命？他还打算远征帕提亚呢。按照罗马人正常寿命推算，恺撒想他起码还有一二十年好活，到时安东尼也近五十了，屋大维却是三十上下，正好经历了恺撒给他的历练，也进入一个男人的黄金阶段。

回头来说。恺撒遗嘱一公布，大多数的罗马人都立刻问一个问题：“谁是屋大维？”确实没几人知道。在半年前恺撒写完遗嘱后，他先将屋大维以及亲自挑选日后要辅佐屋大维的同龄人阿格里帕一起送到希腊军营去接受锻炼，所以恺撒被刺时，屋大维并不在国内。

安东尼呢？他失望是失望，但也萌生要取而代之的野心。他先以遗嘱监督执行人的身份将恺撒的金库给搬走，里面是恺撒准备远征帕提亚的一亿塞斯特斯军费；接着又跟刺杀联盟接头，主要是德奇姆斯·布鲁图、马库斯·布鲁图和卡西乌斯，还有一个虽没出手行刺却支持他们的日后被称为现代雄辩律师之祖的西塞罗。

妥协

3月17日下午，安东尼以执政官的身份召开元老院会议。刺杀联盟全员出席。在得知恺撒的人事安排后，大家都对反恺撒产生动摇。因为他们之中的许多人都在恺撒安排的名单之内。

安东尼跟他们作出妥协：一是对刺杀联盟成员们皆不追究刑事责任；二是一切人事安排如恺撒所愿。没参加会议的西塞罗在知道结果后，对阿提库斯表达了自己的愤怒和遗憾：“早知如此，当初何必杀恺撒？”[7]

7　盐野七生．罗马人的故事V：恺撒时代（下）．谢茜，译．北京：中信出版社，2013：271.

刺杀主谋怕日后有人反悔，便赶紧离开罗马回到自己的驻地去，起码在那里自己手上有军队。

屋大维赶回罗马，也得到原恺撒亲信们的支持。他为履行继承人要给罗马市民发钱的义务而向安东尼要回金库，安东尼不给。屋大维只好去借。

安东尼此时眼中的屋大维只不过是个“孩子”，“孩子”只好忍气吞声。但等到屋大维办完恺撒的葬礼、给市民们发钱后，这个孩子已经被认为是恺撒的继承人了。光这个身份就不止一亿塞斯特斯，安东尼此刻可能还体会不到这个意义。

从公元前44年9月起，西塞罗开始发表历史上有名的反安东尼演说。

到了10月，恺撒生前为远征帕提亚集结的军队从希腊回国了。安东尼想用金库的钱收买这些军队，但过半的士兵都坚定地跟随恺撒的继承人屋大维。

12月20日，西塞罗发表第三次反安东尼演说。到了公元前43年1月1日，执政官依律要进行换届。安东尼不再是执政官，两位新执政官都支持屋大维，于是西塞罗有点开心过头，他在元老院提出两个议案：一是授予屋大维正式地位；二是要宣布安东尼为国家公敌。元老院并没有通过这两个议案，但这两个议案却给西塞罗埋下杀身之祸。

公元前43年11月，安东尼、雷必达与屋大维结成同盟，史称“后三头政治同盟”，他们开始复仇！

复仇第一步，先制定出一份黑名单，消灭反对势力。第二步则是安东尼与屋大维联手对付马库斯·布鲁图和卡西乌斯。雷必达则留守罗马本土，虽然他并不发挥什么作用。

这份名单中有130人被视为国家公敌，他们的头依序被摆在古罗马广场上。12月7日，奉安东尼之命，搜查队砍下西塞罗首级！[8]

卡西乌斯不久即自裁，马库斯·布鲁图不久后也自杀。

安东尼和屋大维将帝国版图一分为二，安东尼掌握帝国的东半部，将西边丢给屋大维。安东尼会选东半部还有一个重要原因，就是那里离帕提亚近些，他还想完成恺撒未竟之事，如此一来，就算屋大维是恺撒养子也将失去威信。

上半场结束，安东尼暂时领先。现在进入下半场。

对决

安东尼到达小亚细亚东南的西里西亚行省，他在那传召埃及女王克娄巴特拉，于是埃及艳后再次登场。双方见面后，她邀请安东尼以私人身份造访亚历山大港，这一年是公元前41年，41岁的武将拜倒在女王膝下。

8 盐野七生．罗马人的故事V：恺撒时代（下）．谢茜，译．北京：中信出版社，2013：298.

以前恺撒待在埃及的时候，他还坚持写《内战记》、研究尼罗河水源、关注埃及国情，他对食物与豪华生活缺乏兴趣，克娄巴特拉所能做的只是凭自身美貌随伺恺撒身侧。而安东尼与恺撒完全相反，他轻易被美食、酒宴所打动，还暴露了自己的虚荣心，简直就是被克娄巴特拉玩弄于股掌之中。

与此同时，公元前41年到前40年，屋大维正度日如年。因为安东尼指使弟弟和妻子在意大利中部贝鲁吉亚举兵以动摇屋大维的根基，而屋大维本就不擅长领兵，他为此弄得焦头烂额！幸运的是，他和阿格里帕经过数度苦战，凭借坚忍不拔的毅力，终于平息动乱。而安东尼竟宣称是他妻子富尔维娅煽动他弟弟作乱的，害得逃至希腊的富尔维娅气极而亡。

屋大维此刻还不是安东尼的对手。但屋大维倒是学会一套外交手法，这要归功于他用的另一位年轻人梅塞纳斯（此后说企业赞助或举办文艺活动为梅塞纳斯活动，就是因此人而得名），他担任所谓的外交大臣，在安东尼与屋大维之间搞穿梭平衡，订立所谓《布林迪西协定》[9]，将罗马东部交给安东尼，西部给了屋大维，雷必达则控制南部及非洲行省。不但如此，屋大维和安东尼还政治联姻。安东尼娶了屋大维的姐姐屋大维娅，屋大维则和安东尼前妻与其首任丈夫所生之女订婚，只是后来没结成。

到了公元前37年秋，分手4年后安东尼写信给克娄巴特

9　盐野七生．罗马人的故事Ⅴ：恺撒时代（下）．谢茜，译．北京：中信出版社，2013：315.

拉期待再次相聚，这次埃及女王不仅为安东尼准备了远征帕提亚所需的粮草和军费，还有一对一出生就没见过父亲的双胞胎。这次安东尼不能自拔了。

克娄巴特拉明确表示不再做地下情人，她提出要和安东尼结婚。不止这样，她还要安东尼承认所生的双胞胎为自己所出。此外，安东尼还做了“恺撒二世”（恺撒与埃及艳后之子）的监护人。这场婚姻，安东尼将东方诸城邦当作结婚礼物送给克娄巴特拉，其中大多是罗马行省与罗马同盟国的诸侯领地。通过这场婚姻，克娄巴特拉以新婚为名实际上恢复了埃及王室二百年前的疆域。而对罗马人来说，安东尼不但犯了重婚罪，还将罗马霸权治下的广大领土赠予一个小小的同盟国埃及！但安东尼还不以为意。

等安东尼远征帕提亚失败后，他急忙叫正室屋大维娅带物资和资金赶来援助。当屋大维娅尽了她自认为身为妻子的责任后，立刻被安东尼赶回罗马。看到安东尼如此对待作为人妻典范的屋大维娅，罗马民众是大感不平。[10]

安东尼失去了再战帕提亚的自信，转而对付亚美尼亚。亚美尼亚自知不敌，遂与安东尼议和，安东尼为了巩固两国关系而让自己与埃及艳后所生的儿子和亚美尼亚的公主订下婚约。这又在罗马人中间掀起轩然大波，因为在罗马人看来，安东尼是利用国家财产（军队）去满足一己私欲（看来安东尼已经完全不在乎罗马人的想法了）。

10　盐野七生．罗马人的故事V：恺撒时代（下）．谢茜，译．北京：中信出版社，2013：324.

克娄巴特拉决定为安东尼的亚美尼亚远征举办所谓的凯旋仪式，地点选在埃及首都亚历山大港。[11]看到这只能说她实在是不理解凯旋仪式在罗马人心中的意义，因为感谢众神才是这仪式真正的重点，那就必须在罗马的卡匹托尔山举行感谢仪式才对，这不是在任何地方都可以举办的。

决战

在与安东尼决战之前，屋大维在元老院公布了安东尼预留在罗马女祭司处的遗嘱，其中安东尼把全部遗产留给和克娄巴特拉所生的孩子，完全无视和屋大维娅所生之子！并且，安东尼指定自己死后要葬在亚历山大港[12]。（这可真是让罗马人的神经再度受到刺激！）

到目前为止，安东尼与屋大维还没开打，但埃及艳后的策略假设已经清清楚楚：她认为可以借安东尼之手将地中海世界的东半部从罗马统治中独立出来归属埃及旗下（多么自以为是的假设）。且为了刺激安东尼，让其不再消沉而重新振作起来，她特地安排夜以继日的各种奢华宴会，50岁的安东尼日日宴饮笙歌。（真是军事奇葩啊，手法就是不同！）

决战之前的作战会议上，安东尼手下将士一致主张应进行陆上会战，因为安东尼擅长陆战。然而埃及艳后（她经常

11　盐野七生．罗马人的故事V：恺撒时代（下）．谢茜，译．北京：中信出版社，2013：326.
12　同上，第329页。

参加会议）却主张应该先打海战，她的理由是海上力量占有优势[13]，可能她认为船多船大就会赢吧。将士们毫不留情地加以反驳，但埃及艳后也不让步，就只好由安东尼做决策。读者们可猜猜安东尼决定听谁的。（想一想，一家现代企业开重大策略会议，董事长夫人没有任何职位官阶，但她就是要一起开会，她就是跟专业经理人意见相左，然后她还说由董事长决定！董事长的决定显而易见。）

埃及艳后的主张不止上述一条，她甚至提出海战失败之后进行第二次战役的建议：如果海战失利，陆海军将一同撤往埃及，在那里再次迎战罗马军队。[14]（这是还没打就先把失败之后的路子想好！这是身为统帅该想、该说的？）

埃及艳后参加会议越多，安东尼的将领们就越失望！他们原以为是效忠罗马，岂知现在竟是效忠埃及艳后的丈夫！屋大维在希腊登陆后，他们纷纷弃安东尼而去。

当越来越多的士兵逃走后，海战成了唯一可行的办法。但当那些还没离弃安东尼的罗马士兵登船后，看到自己船上放着随时都能扬起的风帆时，士兵们都吓呆了。因为这表示随时会升帆逃走（埃及艳后也有旗舰随同出海观战）。（明目张胆地准备好打败仗逃逸，难道不知会动摇军心？埃及艳后不知，难道安东尼也不知？）

13 盐野七生．罗马人的故事V：恺撒时代（下）．谢茜，译．北京：中信出版社，2013：334.

14 同上，第335页。

海战刚起，双方开打，展开激烈战斗。埃及艳后不甘只是观战，而是加入了指挥行列。眼前光景让她一下跌落神坛，变成普通女人。她没下令突击，而是下令扬帆撤退。看见这画面，安东尼也忘了自己的身份，立刻追随埃及艳后而去。其他没逃的船队全部投降。[15]（开打前声音最大，一上战场立刻现出原形，如同儿戏。早知如此，待在皇宫里不是更好？）

终战

公元前30年7月31日，安东尼率领骑兵与屋大维的先头部队展开战斗。就在看似安东尼要赢的一刹那，安东尼麾下骑兵通通投奔了屋大维。此时，来自埃及的使者抵达，向安东尼宣布埃及艳后的死讯，此次报讯乃奉埃及艳后之命行事。比起部下的背叛，爱人不在人世的消息更令安东尼感到绝望，他选择了自杀。[16]而此时，又来了个使者，这回是说埃及艳后没死。原来埃及艳后在先前谎报自己已死之后就立刻后悔了！但也来不及了。

原本一盘好好的棋，却被下到这个地步，我们只能说听谁的和不听谁的绝对重要！

15　盐野七生．罗马人的故事V：恺撒时代（下）．谢茜，译．北京：中信出版社，2013：339.
16　同上，第 343 页。

07 第七章

听或不听　祸福难料

一言兴邦，一言丧邦。若听，亦兴亦丧；若不听，亦丧亦兴。

“一言兴邦，一言丧邦。”出自《论语·子路》里鲁定公与孔子的对话。是指君王其实不好当，因为他的一句话可以使国家兴盛，亦可以使国家灭亡。笔者好奇的是，当君王的或者说现代当领导的人，他所制定的或兴或丧的政策或做出的决定，有多少是他独自一人思考出来的？又有多少是他听了或不听他人的话而做出的决定？就算他“以为”是自己做出决策，但有可能是他之前听了什么话以致影响他日后的决定而不自知罢了。

本书一开头笔者就澄清并非指“听”是正确的，“不听”是错的。因为说话的人并不一定是为了你好，而可能是为了他好才说的。也可能说的话或提的建议在当时不一定能给当事人带来好的结果，有可能还是错误的建议。所以实行之后亦兴亦丧。

中国（古代）历史流传下来的故事，多围绕在君臣之间。既然是纪录君臣之间的故事，那么出现较多的就是臣子给君王的谏言。所以国君听或不听就被简单描述成“听是贤君、不听是昏君”这种非黑即白的二分法。当然，这是指说的人是贤臣。但反过来，如果说的人是佞臣，就变成“听是昏君、不听则是贤君”，一样的二分法。两二分法跟人、跟动机有关，本章先说动机，后面再谈人的问题。

一个人听或不听别人的建议，背后的动机多半不是经济学假设中的理性决策或是成本效益分析，因为人类绝不是理性动物。最根本的动机其实就是直觉反应：听或不听会带给你什么，才是你最重要的决策依据。并且这种动机决定论，在我们的老祖宗那时候更是明显。笔者先举出一些古书上的例子让读者重温一下历史，读者再自行判断现代的我们跟历史先人有多大差异。

听之一：明辨是非的听

居上位者，面对属下直言自己做得不对，听了后能明辨是非，及时改正，这实属难能可贵。这就是明辨是非的听。

◎ 先轸唾晋襄公之面

话说晋襄公打败秦军，掳获秦军三位主帅（孟明视、西乞术与白乙丙）带回国后，母夫人嬴氏劝说襄公释放三帅回秦，襄公应允。

此时先轸在家用饭，听说晋君释放三人归秦，急忙把饭吐了出来，怒气冲冲地来见晋襄公，问秦囚何在。晋襄公说因为母夫人说情，已把他们放了。先轸气得吐口水在晋襄公脸上，说："小儿不懂事！我们费了千辛万苦才抓住此三人，你听了妇人之言就把他们放了！放虎归山，他日悔之晚矣！"[1]

晋襄公什么反应呢？晋襄公顿然醒悟，拭面而谢，说了句："寡人之过也！"

好一个先轸，也好一位国君。

1 冯梦龙，蔡元放．东周列国志．北京：人民文学出版社，1978：395.

听之二：心悦诚服的听

先不说古人，来讲讲本人的亲身经历，什么是“心悦诚服”的听。

前面所举的例子都是下对上，所以用字时古人曰“谏”，现代的我们就说“建议”。那要是上对下呢，古人就是直接下令；今人呢，虽不说下令这么官话，但意思一样。反正老板叫下属做事没必要太客气。笔者一生中有过一次让我永生难忘的经历。

笔者年轻时在台湾的一家外商合资公司（台湾统一企业与美国通用食品公司合资）任产品经理一职，当时我们公司主要就是做麦斯威尔咖啡这个品牌。笔者当时要开发一个新品，罐装咖啡。因为我们公司是与奥美广告公司（也算合资公司）合作，而当时奥美有个客户金车食品，其中金车的“伯朗咖啡”（当时是台湾罐装咖啡类第一品牌）就是由奥美做广告代理。为避免“利益冲突”，我向我主管报告，是否另找一家广告代理商来共同合作这款新品罐装咖啡。我主管同意了，笔者也去找了，双方也谈得很顺利，笔者都已经把整个市场计划跟对方讨论过一次了，但这时我们公司换了新任总经理。

新任总经理是菲律宾人，他在美国通用食品（菲律宾）公司工作了很多年，是很资深的营销人。他来到台湾履新后，请我们各产品负责人向他汇报目前的进度。笔者将现有产品进度报告后，接着提到这款新品罐装咖啡。他听到我们跟新找的广告公司已经接洽后，对话如下：

总经理：“JC（我的英文名字），你为什么找一家新广告代理商呢？”

我：“因为奥美做了伯朗咖啡，这会有利益冲突。且伯朗咖啡对奥美那么重要，而我们这个是新品，刚开始做预算比不过伯朗，奥美如果做也不会付出太多心力。”

总经理想了想说：“那如果我跟奥美沟通，有个双方可以考虑合作的方式，你会接受吗？”

笔者当场就很吃惊。这位总经理说得又委婉又客气，完全颠覆我的认知。笔直马上说：“当然可以。”就这样结束了当天的对话。

隔了两天，一大早笔者进公司（笔者打工时都是很早进公司的，始终如一），就看见总经理在办公室跟奥美负责人（我们称他为TB 宋，一位非常棒的广告人兼老板）在那谈笑，笔者心想这么早他们就聊上了，这两人一定有什么主意。然后总经理秘书叫笔者进总经理办公室一下，下面是当天的对话：

总经理：“Morning JC，TB你认识。”

我：“认识、认识。TB早啊。”

TB：“早，JC。”

总经理：“JC，前天我们谈的事昨天我跟TB 沟通了（速度飞快）。你听听TB的意见好吗？”

我：“好啊，TB请说。”

TB：“JC，你的意见我知道了。现在我提一个方案你听听看，看可行不可行。”

我："您太客气了。您请说。"

TB："就是你的顾虑完全可以排除。你所负责的这款新品，我会另组一个团队来做，并且我亲自领军。至于你担心的利益冲突，我现在向两位保证，这个新团队绝不会有任何压力，况且我亲自带队，绝不会让你感受到有一丝丝被怠慢。这样安排，你可以接受吗？"

我很识相地说："有TB这样保证，我还有什么顾虑。就按您说的。"

总经理："那JC，既然你接受这个方案了，那那家广告公司的事？"

我："我马上去跟对方说。"

总经理："说得客气、有礼貌点，你可以说是我的意思。"

我只能说这是一位很棒的领导。他知道怎样让部属心悦诚服地听。

这是下听上。前面所写的齐桓公、秦穆公、秦孝公以及刘邦等，就是上听下的"心悦诚服的听"。

听之三：知道利害的听

人之所以会听的另一大原因，是听了（而去做）对当事人来说有重大利益，所以会听。

◎ 齐景公

春秋时，齐景公领着诸位大臣到海边去玩，他玩得高兴还不许别人回去，一定要大家陪他一起，还说要是有人敢说要回去就要处死他！只见颜涿聚说：“君游海而乐之，奈臣有图国者何？君虽乐之，将安得？”[2]

齐景公听他说完就火了，“我刚下令不许说要回去，你就马上违抗！”说着就要拿兵器动手！颜涿聚接着说：“以前桀杀关龙逢，纣杀比干，今天君要杀我，让我成为第三个为君所杀之臣也可以。我所说的是为国着想，不是为我自己，（然后把脖子向前伸去）您杀了我吧。”齐景公怎么反应？他把兵器扔了赶回国去。回去第三天就查出有人图谋不轨，不让景公回国。这一听，救了齐景公。（笔者猜颜涿聚事先可能是得到风声。）

◎ 楚庄王

我们熟知的成语故事“不飞则已，一飞冲天。不鸣则已，一鸣惊人”[3]就是描写楚庄王。只因他即位三年来，没办一件政事，而是白天打猎，晚上与宫中侍女饮酒作乐。这还不打紧，他还在朝门外张贴布告，“有敢谏者，死无赦！”所以就有了申无畏跟楚庄王做比喻，才有我们现在用的成语。可是让楚庄王真正洗心革面的是后面发生的事 。

申无畏说完比喻退下后，楚庄王淫乐如故。这时轮到另一位大夫苏从来了。苏从一见楚庄王就大哭，然后就发生了下面的对话：

2　韩非子．韩非子．北京：线装书局，2014：56.
3　冯梦龙，蔡元放．东周列国志．北京：人民文学出版社，1978：441.

庄王："苏子为何如此哀伤？"

苏从："只因臣下快死了而楚国也快亡了！"

庄王："你为什么快死了而楚国又为何快亡了呢？"

苏从："因为我要劝谏大王，但大王不听，一定会把我杀了。臣一死楚国就再也没来进谏的了！这样下去，都顺着大王的心意，那楚国只会堕落下去，楚之亡是立即可见的啊！"

庄王马上变脸说："寡人说了，敢谏者死。你明明来找死，岂非太蠢？"

苏从："臣是蠢，但再蠢都没大王蠢啊！"

庄王一听更火了！"寡人什么地方蠢？"

苏从："大王居万乘之尊，诸侯畏服，此万世之利也。今荒于酒色，不理朝政，不亲贤才，乐在目前，患在日后。以一时之乐，而弃万世之利，非其愚而何？臣之愚，不过杀身。后世将呼臣为忠臣，臣不愚也。君之愚，乃至求为匹夫而不可得。请借大王之佩剑，臣当刎颈王前，以信大王之令！"

庄王立即起立说："大夫休矣！大夫之言，忠言也，寡人听子。"

自此后，庄王像变了一个人，遂成楚国霸业。看来改变楚庄王的还是利害二字。

至于第二章介绍过秦王政能接受茅焦与李斯之谏，其背后也是秦王政看出听他们的建议对己、对秦都是有利的。这都是知道利害之后而听之。

听之四：被怂恿的听

秦始皇崩，胡亥本没有觊觎之心，无奈被赵高不断怂恿之后，愈发觉得自己是有可能登上帝王之位的，这才有了秦二世。

始皇三十七年（前210）七月，巡行出游到沙丘，秦始皇病得非常重，命令赵高写诏书给公子扶苏，要他把军队交给蒙恬，赶快到咸阳参加葬礼，然后安葬始皇帝。书信都已封好，但还没交给使者，秦始皇就去世了。书信和印玺都在赵高手里，只有小儿子胡亥、丞相李斯和赵高及五六个亲信宦官知道始皇去世，其他人都不知道。

赵高扣留了始皇帝给扶苏的诏书，与公子胡亥的对话如下：[4]

> 赵高："皇帝去世了，没有诏书封诸子为王而只赐给长子扶苏一封诏书。等扶苏到后，就登位做皇帝，而你却没有封地，这怎么办呢？"
>
> 胡亥："本来就是这样。我听说过，圣明的君主最了解臣子，圣明的父亲最了解儿子。父亲临终既未下令分封诸子，那还有什么可说的呢？"
>
> 赵高："并非如此。当今天下大权，无论谁的生死存亡，都在你、我和李斯手里掌握着。希望你三

4 司马迁．史记．北京：中国文联出版社，2016：687-689.

思啊。更何况驾驭群臣和向人称臣，统治人和被人统治，难道可以同日而语吗？”

胡亥：“废兄长而立弟弟，这是不义；不服从父亲的诏命而惧怕死亡，这是不孝；自己才能浅薄，依靠别人的帮助而勉强登基，这是无能。这三件事都是大逆不道的，天下人也不服从，不只我自身会遭受祸殃，国家还会因此灭亡。”

赵高：“我听说过商汤、周武杀死他们的君主，天下人都称赞他们的行为符合道义，不能算是不忠。卫君杀死他的父亲，而卫国人民称颂他的功德，孔子记载了这件事，不能算是不孝。更何况办大事不能拘于小节，行大德也不用再三谦让，乡间的习俗各有所宜，百官的工作方式也各不一样。所以顾忌小事而忘了大事，日后必生祸害；关键时刻犹豫不决，将来一定会后悔。果断而大胆地去做，连鬼神都要回避。希望你（考虑后）按我说的去做。”

胡亥长叹一声说道：“现在皇帝去世还未发丧，丧礼也未结束，怎么好用这件事来求丞相？”

赵高：“时光啊时光，短暂得都来不及谋划！我赶紧去办。”

于是赵高又去找李斯。李斯也被说动，后面就是我们熟知的胡亥即位为秦二世，而本该即位的长子扶苏却看了要他自尽的伪诏书后自杀！历史就此不同。听或不听，影响就是那么深远。

听之五：偏听、误听

还有一种听属于偏听、误听，由皇宫内争权夺位等所导致的，这种听的过程多是争夺世子（继位）之机会、妻妾夺宠、父子兄弟乱杀一通，而结局又多半以悲剧收场。我们来看看晋献公的故事。

◎ 晋献公

先看晋献公与其妻妾、儿子、辅佐大臣之间关系一览表（表7-1）。[5]

表7-1 晋献公妻妾、子、臣关系

晋献公之妻妾	狐姬	允女	齐姜 （夫人）	骊姬	少姬
晋献公之子	重耳	夷吾	申生 （世子）	奚齐	卓子
晋献公之大臣	狐毛 先轸 介子推	吕饴甥 郄芮 虢射	杜原款 （太傅） 里克 （少傅）	荀息	荀息
晋献公宠幸之臣				优施	

晋献公先立申生为世子，后宠骊姬，想立她为夫人（然后就可以把她所生的奚齐立为世子了）。其后发展简列如下：[6]

5 冯梦龙，蔡元放．东周列国志．北京：人民文学出版社，1978：158-159.
6 同上，第 159-308 页。

★ 骊姬与优施串通，想夺世子之位。

★ 优施见里克颇能干，就鼓动骊姬找荀息（刚帮晋献公收拾虞跟虢）做奚齐与卓子的老师。

★ 骊姬以毒酒诈称是申生要毒死晋献公，晋献公相信了。

★ 献公以为申生谋反，要发兵讨伐。

★ 杜原款要申生逃，申生不听，自缢而死。（杜原款亦被献公所杀。）

★ 骊姬又叫晋献公杀重耳与夷吾。

★ 重耳逃奔翟国。

★ 晋献公怀疑其他公子是重耳、夷吾之党，于是通通驱逐出国。

★ 晋献公立奚齐为世子，奚齐才十一岁。

★ 里克杀奚齐、优施。（骊姬这岂不是白忙一场，且帮儿子自找死路？）

★ 骊姬要荀息改立卓子为世子，卓子才九岁。

★ 里克等，又杀卓子、荀息，骊姬投水而死。（这回是真的自寻死路！）

★ 夷吾回国继位，是为晋惠公。

★ 晋惠公杀里克。

★ 晋惠公病亡，子圉即位。

★ 怀公出奔，重耳即位，是为晋文公。文公即位已经六十二岁。

★ 晋文公派人至高梁刺杀晋怀公。

偏听、误听之后，是大家一起倒霉！

◎ 赵王不听赵括母

秦国派王龁进攻上党，予以攻克。上党百姓逃往赵国。赵国派廉颇驻守长平，接应上党逃来的百姓。王龁于是挥兵攻打赵国。赵兵屡次被秦军打败，廉颇便下令坚守营垒，拒不出战。赵王以为廉颇损兵折将后更加胆怯，不敢迎敌，气得多次斥责他。秦国应侯范雎又派人用千金去赵国施行反间计，散布说秦国所怕的，就只是马服君赵奢的儿子赵括做大将而已。

赵王中计，便用赵括代替廉颇为大将。蔺相如劝阻说："大王因为赵括有些名气就重用他，但赵括只知道死读他父亲的兵书，不知道随机应变。"赵王不听。

赵括在从小学习兵法时，就自以为天下无人可比。他曾与父亲赵奢讨论兵法，赵奢也难不倒他，但终究不说他有才干。赵括的母亲询问原因，赵奢说："带兵打仗，就是要出生入死，而赵括谈起来却很随便。赵国不用他为大将也还罢了，如果一定要用他，让赵军灭亡的必定是赵括。"

等到赵括将要出发时，他的母亲急忙上书，指出赵括不能重用。赵王问为什么？赵母回答说：

> 当年我侍奉赵括的父亲，他做大将时，亲自去捧着饭碗招待的宾客有几十位，他的朋友有几百人。大王及宗室王族给他的赏赐，他全部分发给将士。他自接受命令之日起，就不再理睬家事。而赵括刚刚做了大将，就向东高坐，接受拜见，大小军

官没人敢抬头正脸看他。大王赏给他的金银绸缎，他全部拿回家藏起来，每天忙于察看有什么良田美宅可买的就买下。大王您以为他像他父亲，其实他们父子用心完全不同。请大王千万不要派他去。

赵王却说："老人家你不用管，我已经决定了。"

赵括母亲便说，那万一赵括出了什么差错，请不要连累我被治罪。赵王同意了赵母的请求。

等秦王听说赵括为大将，便暗中派武安君白起为上将军，改王龁为副将，下令军中有谁敢泄露白起为上将军的消息，格杀勿论！赵括到了军中，把原来的规定全部推翻，军官也调换，然后下令出兵进攻。想不到赵军全线崩溃，赵括亲自率领精兵上前肉搏，竟被秦兵射死。四十余万赵军全部投降。白起担心赵国士兵反复无常，不全部杀掉，恐怕会有后乱。于是使用奸计把赵国降兵全部活埋，只放出二百四十个年纪小的回到赵国，前后共杀死四十五万人，赵国举国震动。[7]

误听的代价几乎把国家给葬送。

不听之一：私欲作祟的不听

欲望如沟壑，无满足之时。当一个人私欲作祟又掌握权

7 司马光．资治通鉴．北京：中国文联出版社，2000：44-45.

力时，要他听跟其所行之事相反的谏言几乎是做不到的。这类例子所载多多。纣王、周幽王的事就不多讲，照说这两位昏君的故事也算历史教训，但后人显然没学到！

◎ 假虞灭虢

前文有提到秦穆公跟百里奚相遇的故事，而“假虞灭虢”“唇亡齿寒”的典故就出自这里。[8]故事发生在春秋年间，有两个国家虞跟虢，它们是同姓的两个相邻国家，其边界与晋国相邻。当时晋献公想拿下这两国，但虞跟虢一向交好，如果攻击其中一国就会引起另一国出兵相助，所以不知有什么好办法。荀息就给晋献公出主意，可以把这两国一起拿下。他的办法就是先收买虞国，再借道去打虢。那怎么收买虞国呢？

荀息说，虞公性格贪婪，所以不用至宝是不能打动他的。荀息就跟晋献公要两样东西，一是垂棘出的璧玉，二是屈地产的宝马。这两样也都是晋献公心爱的宝物，晋献公当然舍不得。荀息说道，我们假道伐虢，虢没有虞来救一定亡的；等虢一亡，虞国也就不能单独存活下去。所谓璧玉跟马，只是把璧玉暂放外府，把宝马暂时养在外面的马厩，君王何必心疼呢？于是晋献公就让荀息去安排。

虞公起初听到晋要借道国境去打虢，当然不愿意，但一见到璧玉和宝马就笑逐颜开，虞公也知这是晋献公的宝物，就问为何要送给他。荀息说，因为虢老是侵犯晋的边界，所

8　冯梦龙，蔡元放．东周列国志．北京：人民文学出版社，1978：210-213.

以要去教训他们，一旦获胜有战利品都会给虞公当作谢礼，并和虞世代交好。虞公一听就更乐。但他的大臣宫之奇就劝谏虞公，说千万不可，老话说“唇亡齿寒”，今日虢亡，明日就是虞了！虞公不信，还叫宫之奇别管！等宫之奇还想再说，一旁的百里奚把他拉住，意思是叫他别说了！宫之奇随后举家出走，也不让人知道。（第二章亦有提过）

后来虞公就同意晋来借道，而虢也被晋所灭。可是轮到虞国的都城被晋军所占，虞公进退两难之际，说了句：“悔不听宫之奇之谏也！”

那晋国的二宝呢？只见荀息左手托璧，右手牵马来跟献公说：“臣谋已行，今请还璧于府，还马于厩。”献公大悦，还笑虞公真是愚蠢。[9]

◎ 西戎主不听繇余

西戎主赤斑看到秦国变强之后，就派一位使臣繇余出使秦国以观察秦穆公之为人。结果秦穆公倒是观察繇余观察得很仔细。心想西戎主有此贤臣，他日必为秦之患。百里奚就建议秦穆公找内史廖，因为他聪明多智，也许有好计策。

内史廖出的主意是：送西戎主女乐，让他没有斗志；把繇余留下不让他归国，使西戎政事无人过问。如此一来，让他们上下相疑，则不但国可取，何况一臣乎？[10]

9　冯梦龙，蔡元放．东周列国志．北京：人民文学出版社，1978：213.
10　同上，第 223 页。

于是秦穆公对使者繇余以礼相待，与他同坐、与他同食，叫诸大臣轮流相陪，并仔细询问西戎地形地势。与此同时，装饰美女和挑选会音韵者六人送给西戎主赤斑，赤斑果然大悦，遂不问政事。繇余呢？秦国把他留住一年才让他回去！

繇余回去后看到赤斑只知女乐，不理国事，不免苦口劝谏。赤斑果然又是桀纣一般人物，根本不理会。秦穆公于是私下密请繇余为秦服务，西戎后来也为秦所降服。

内史廖料人神准；历史教训又添一章。

◎ 齐景公赠女乐 黎且阻孔子

孔子当时在鲁国治理政事，人们可做到路不拾遗，齐景公就担心起来。黎且就对齐景公说："去仲尼，犹吹毛耳。君何不迎之以重禄高位，遗定公女乐以骄荣其意？定公心乐之，必怠于政，仲尼必谏；谏，必轻绝于鲁。"景公曰："善。"[11]

黎且就选了貌美女子八十人，分为十队，教以歌舞。又选良马一百二十匹，使人致书鲁侯，以示和好之意。

鲁相季斯安享太平。听说齐国送女乐而来，就前往观看，正好她们在演练，季斯看到后意乱神迷。鲁定公一日三宣，季斯都不赴召，次日才入宫见定公。定公给他看齐国国

11　韩非子．韩非子．北京：线装书局，2014：291.

书，季斯回说，这是齐君美意，不可推却。定公也想看看齐女，就跟季斯两人微服前去。早有人跟齐使说定公来了，齐女就演出得更卖力，让两君臣不能自拔。使臣又说还有良驹，只听定公说，这已是极致，不必管马了。于是和季斯瓜分齐礼，不上朝听政！

孔子闻知此事，凄然长叹。子路在一旁，跟孔子说：“鲁君怠于政事，夫子可以行矣。”孔子还抱一线希望，说只要大礼不废，犹可为也。

等到郊祭之期，定公一行完礼就赶回宫去，分胙肉（祭品）的工作也没人做。主事者到宫门请命，定公推给季孙氏，季孙氏又推给家臣。孔子从早等到晚，都没收到胙肉。于是孔子离鲁。[12]

◎ 晋平公建虒祁宫

晋平公听说楚王建了一座章华宫以向诸侯夸耀诸侯，他心想晋岂不如楚？就要如法炮制。大夫羊舌肸于是上奏道，要让诸侯服气的，关键在德而非宫室。楚国建章华宫是失德，大王何必效仿呢？可是平公不听，不但盖了，还盖得更大更精美，取名虒祁宫。但盖好没多久平公就生病，竟一病不起而薨。从盖虒祁宫到他病死不到三年，且这三年平公都在病中，建虒祁宫只是害了百姓，平公也享受不到！[13]

12　冯梦龙，蔡元放．东周列国志．北京：人民文学出版社，1978：737-738.
13　同上，第 621-622 页。

至于本书第三章介绍过的楚平王就更是私欲满满，宠信奸臣，抢夺太子未婚妻，甚至连自己的儿子都要杀掉！

不听之二：自我膨胀的不听

◎ 不相配的霸主

春秋五霸，宋襄公算一位。但观其行事实在有亏这霸主之名！

在第四章介绍齐桓公时，提到齐桓公把太子托付给宋襄公。现在接着说宋。

宋襄公自败了齐兵，纳世子昭为君，以为立了不世奇功，就也想学齐桓公号召诸侯，做盟主。宋襄公怕大国不服，就先约了几个小国。其中鄫国国君迟到两天，襄公就想立威，要听公子荡的话先杀了鄫国国君。公子目夷谏曰千万不可，但宋襄公偏要逞威，还是把鄫国国君杀了再烹。[14]

这一举措让其他国君看不下去，但因是小国，他们就借口先走。宋襄公又生气了，这次要伐曹。公子目夷又谏，襄公还是不听。此时楚国崛起，宋襄公担心有失，就暂时撤兵，曹公也来谢罪，两国就息兵和好。

但宋襄公一心要称霸，还不死心。公子荡又说，何不跟

14　冯梦龙，蔡元放．东周列国志．北京：人民文学出版社，1978：280.

楚合作，先跟楚交好再来压其他国。公子目夷三谏不可，认为楚国怎可能挺宋称霸？！宋襄公就是不听。

当时楚国是楚成王在位，他将计就计跟宋会盟，襄公还乐得跟目夷说楚国已答应推宋（做庄家），但目夷认为其中有诈一直劝宋襄公说楚国不可信，无奈他就是不听。目夷又跟宋襄公说既然要去赴与楚之约，一定要带军队去。宋襄公则说他跟楚国讲好这是场“衣裳之会”，怎能自毁承诺！还怕目夷带兵接应失了他的信义，就把目夷也带去赴会。

结果呢？想不到的事就是会发生（墨菲定律早就应验了）！楚王使诈，把宋襄公逮住了。宋襄公见公子目夷在旁，低声说：“悔不听子言，以至如此。速归守国，勿以寡人为念！”[15]

后面襄公要报此仇，跟楚交战，却以“仁义”为旗号让楚兵渡水、布阵、成列之后才发起进攻。结果就是笑话一场。看来不论怎么讲他都不会听的。除了一件事例外：称霸！

◎ 智伯不智

晋国被三家瓜分，从而生出韩、赵、魏三国的导火索就是这位智伯。当时晋国有势力的大夫除了智伯外还有韩、赵、魏三家，智伯的谋士郄疵跟智伯献计，叫三家各割百里地给智伯，若割，智伯有地；若不割，则借晋侯之命讨伐他们。韩家无奈就给了，智伯又向魏家要，魏家也给；但赵家

15 冯梦龙，蔡元放．东周列国志．北京：人民文学出版社，1978：284.

不从。智伯就联合韩魏一起来打赵，成了后三家分赵。

此时赵家谋士孟谈求见韩跟魏，陈述赵要是亡，韩魏就是下一个！何不三家合力攻击智伯来分智伯的地呢？韩魏也心动，因为他们给地也是被迫的。

却说智伯与韩魏三家围赵，打算引河水灌入赵城晋阳，但智伯太自信了，当着韩魏两家面边饮酒边说早晚要攻下晋阳。韩魏两家面面相觑！等这两家回去后，郄疵说这两家必反！过了两天，智伯又跟韩魏饮酒，智伯竟问他们会反他吗？这两家当然说不会，反问智伯这是谁说的？智伯就说是郄疵说的！他们又问智伯信吗？智伯说信了就不问你们了。等饮酒毕，两家走时遇到郄疵，他们看郄疵时脸色就不对劲。郄疵就问智伯是否把他的话跟他们两家说了？智伯笑着说，那是饮酒时说的话，不要当真。郄疵退帐后叹道，智伯的命不长了。于是假称得病，要去求医，借机逃往秦国去了。

后韩赵魏三家果然合作反智伯，智伯兵败，说了句："吾不信郄疵之言，果中其诈！"结果是智氏宗族都被屠戮，智氏土地被三家均分。晋侯一分土地没有。这就是自信过头的结果！（后来豫让报仇的故事就出自此。）

不听之三：不信他人的不听

听或不听某人的建言跟内心里信或不信有绝对关系。若过去没有任何相识或信任基础，要听从此人的意见是很困难的，因为没有信任基础难免会怀疑建言者的动机。即便有信任基础，万一当事者有了一既成认知，要想让他推翻自己的认知，其难度也可想而知，除非他亲身经历一次教训！

◎ 秦穆公不听蹇叔和百里奚

先前有提过秦穆公如何重用百里奚跟蹇叔的一段过程，所以照说秦穆公是很信任他们两位的，但是事实并非如此！

晋文公薨，世子即位，是为晋襄公。晋又送郑国公子兰回国立为世子。这时秦将想趁此时机袭郑，来请秦穆公定夺。秦穆公接此密报，就跟蹇叔、百里奚商议。两臣皆曰不可，但秦穆公不以为然，仍要出兵，于是召百里奚的儿子孟明视为大将，蹇叔的儿子白乙丙和西乞术为副将领兵袭郑。蹇叔与百里奚号啕大哭来送行，秦穆公知道了，气得责备他们怎可动摇军心！两人说只是哭其子而不是哭秦军。[16]

然后就是史书所记郑国商人弦高的故事。秦军误以为郑有防备，又不甘心白跑一趟，于是顺手灭了滑国。但回国时被晋所败，主副将三人皆被擒。秦穆公的左右臣子都说要把这些丧师辱国的将帅杀了以警三军。但秦穆公自说，是他不听蹇叔百里奚之言才累及三帅，罪在他，不在他人。

秦穆公确有大度，但秦穆公也有自己的盲点（谁没有呢？），当要贯彻自己的意志时，难免过度膨胀。只是不听谏言带来的后果就是兵败。

16 冯梦龙，蔡元放．东周列国志．北京：人民文学出版社，1978：385.

◎ 晋厉公不听伯宗

晋厉公时，三郤擅权，分别是郤锜、郤犨与郤至，三人不但掌握兵权，他们的子弟也为大夫。有一伯宗，正直敢言，屡向晋厉公进言，要限制他们的权力，保护功臣的后代，可是晋厉公不听！不但不听，在三郤反过来诬陷伯宗毁谤朝廷的时候，晋厉公还信了，且还杀了伯宗。伯宗的儿子伯州犁逃到楚国，楚用为太宰（伯嚭的先人）。[17]

◎ 秦昭襄王不听白起

秦国到了秦昭襄王时，先是大将白起坑杀赵卒四十万，正想进兵邯郸时，接到要他班师回国的诏令，后来才知是应侯范雎的主张，两人就此有了心结。后来白起与众人说当时赵国长平一败，举国震惊！若乘胜攻击，不要一个月就可拿下赵国，可惜应侯看不清形势，主张班师，以致失此良机。昭襄王听到后大悔，还说白起怎不早早奏来！于是又要白起出兵再次伐赵。不巧白起生病，就改由王陵代替。但王陵屡败。

等白起病好，秦昭襄王又要白起领兵，但这时白起说当时不取，现已过了两年，赵国已痛定思痛，如今不好攻了。秦王非要他出征，白起就是不去。秦王要应侯再去请，白起就称病。秦王问应侯白起是真病假病，应侯说真假他不知，但白起不肯为将出兵是肯定的了！于是又增兵十万，命王龁取代王陵。但王龁围攻邯郸，五个月了都拿不下。白起知道

17　冯梦龙，蔡元放．东周列国志．北京：人民文学出版社，1978：519.

后跟其门客说："我早说过不好打但王不听，现在如何？"

有门客私下告诉应侯白起所说的，应侯又报告给秦王，秦王就非要白起为将！白起就谎称病重，秦王大怒，把白起武安君的爵位给拿掉，贬为士卒，叫他立刻离开咸阳城。应侯又说白起不服，可能会到别国去给秦找麻烦。秦昭襄王于是赐白起自裁！[18]

◎ 秦王政不听王翦

秦王政二十二年（前225），欲用尉缭之策，再次伐楚。秦王问李信，伐楚要用多少兵马？李信说只二十万人就够。秦王又召老将王翦问同样的问题。王翦回道，李信如果用二十万人攻楚，必败。依老臣之见。非六十万人不可。秦王想了想，以为王翦是人老了胆子也小了，不如李信勇敢，于是不用王翦。

谁知李信果然兵败！秦王大怒，削去李信官邑，亲自去找王翦。对王翦说，将军预料李信以二十万兵马攻楚必败，如今果然让秦军蒙羞。将军虽在病中，能为寡人强起领兵吗？王翦再次推辞，但秦王就是要王翦出马。不得已，王翦说道："如需用我，非六十万人不可！"[19]秦王实在不解，为何非要这么多兵马不可？只听王翦说出理由：

"古者用兵，致武而不重伤，声罪而不兼地，

18 冯梦龙，蔡元放．东周列国志．北京：人民文学出版社，1978：948.
19 同上，第1030-1031页。

虽干戈之中，寓礼让之意。故帝王用兵，从不用众。齐桓公作内政，胜兵不过三万人，犹且更番而用。”王翦继续说，“今列国兵争，以强凌弱，以众暴寡，逢人则杀，遇地则攻，报级（首级）动约数万，围城动经数年，是以农夫皆操戈刃，童稚亦登册籍，虽欲用少而不可得。况楚国地尽东南，号令一出，百万之众可具，臣谓六十万，尚恐不相当，岂复能减于此哉！”

秦王不禁叹说：“非将军老于兵，不能透彻至此，寡人听将军矣！”

不听之四：无信之人的不听

所谓“无信之人”，是说本人毫无诚信可言，随意许诺，但又不履行承诺。做决定时只想到眼前有利于自己就轻易答应，但事后却反悔不认。无信之人都是对自己有利才听，对自己不利就不听。既然不听，之后若是出了差错又迁怒于人，实在是因为自己面子挂不住！晋惠公就是此类典型。

◎ 晋惠公不听庆郑

晋惠公是晋献公的儿子。当时晋献公薨，晋国大乱，诸公子争国，公子夷吾在梁，日夜祈求国内生变，这样他才有机会。等到另两位公子被杀，一些大臣要拥立公子重耳（日后的晋文公），夷吾也想要回国夺位。郄芮就跟夷吾说，国内大臣以里克为首，邻国中以秦最强，以利诱之，则回国才有指望。夷吾就跟里克许诺，若登上王位就赏赐给他汾阳的田亩百万；又答应只要秦助其归国就割五城给秦。在内有里克，外有强秦之下，夷吾顺利回国登基，就是晋惠公。[20]

等到晋惠公即位，秦国立马来索地，怎知晋惠公竟翻脸不认。那答应给里克的田呢？提都不提。不但不提，不久还逼他自尽！会如此，也跟佞臣郄芮有关，因为他在旁怂恿惠公。好，故事还没完。

等晋惠公即位五年后，晋国遇到大饥荒。晋惠公想跟邻国借粮，想来想去又想到秦国。但当年的承诺都没兑现，现在怎好开口？但能找到理由。郄芮这么跟晋惠公说："不是我们负约，只是暂缓而已。若现在跟秦借粮而秦不借，那就是秦国先拒绝我，我们负约就师出有名了。"晋惠公说："卿言是也。"[21]于是叫大夫庆郑去秦借粮。

秦穆公召集群臣讨论是借还是不借！只见蹇叔跟百里奚同声说道："哪国没有天灾，救灾恤邻，理之常也。顺理而行，天必福我。"[22]秦穆公于是借粮给晋。

到第二年冬天，秦国遇到饥馑，但晋国却粮食丰收。秦穆公这时对蹇叔、百里奚说："今日乃知二卿之言也。"。[23]于是要去向晋借（应该说是拿回去年的）粮食。但丕豹却说，晋君贪而无信，现在去要，他不会给的。穆公还不相

20　冯梦龙，蔡元放．东周列国志．北京：人民文学出版社，1978：237-239.
21　同上，第 250 页。
22　同上。
23　同上。

信，就派冷至去晋办此事。

晋惠公本打算拨粮了，又听郄芮说道，君给秦粮食，那地给不给？晋惠公说只答应给粮，没说给地啊。又听郄芮说："君为何给粮呢？"晋惠公说报去年秦给粮之德啊。只听郄芮说道："若还粮是报德，那当年秦定吾君，其德更大。舍大而报小，说得通吗？"当时去秦借粮的庆郑忍不住了："幸人之灾，不仁。背人之施，不义。不义不仁，何以守国？"。[24]哪知还有更狠的。另一位大夫虢射这时说，去年我国大饥，秦不趁机占领晋国反而把粮给我们，真是笨啊！今年老天让秦国闹荒，是把秦给晋，我们怎能逆天不取呢？不如约好梁国乘机攻秦，得了秦地两家均分。晋惠公竟听虢射之言！冷至回国后把情况报与秦穆公，秦穆公大怒，就发兵杀来晋国。

晋国收到告急信，晋惠公问"秦兵无故来犯"怎么办。庆郑说道，秦兵来是主上背德所致，怎说是无故呢？依他建议，自请告罪，再割五城给秦以全了承诺，才免动干戈。惠公听了就火，说堂堂千乘大国竟割地求和，他有何脸面为君？（看来完全忘了当初的承诺。）说着就要斩了庆郑。虢射马上说，未出师先斩将，会出师不利。让他一起出征以戴罪立功。晋惠公准奏。

晋惠公要亲征。他平时骑的一匹郑国所献小一号的马，（惠公）甚是心爱之。庆郑看到后又进谏，说打仗时一定要

---

24 冯梦龙，蔡元放．东周列国志．北京：人民文学出版社，1978：251.

骑自己国家的马，因为它生长在本土，能了解主人心意。如今碰到战阵，骑他国产的马恐怕不利。晋惠公骂他说，这是我骑惯了的，你少说话！

秦晋一战，晋兵大败。晋惠公自九月被抓，到十一月才获释，其中虢射病死于秦。这时听到晋惠公要回国了，蛾皙对庆郑说，国君要回国了，你最好快逃，不然难逃一死。庆郑不走。

太子率领诸大夫在郊外迎接晋惠公，晋惠公看到庆郑也在，怒从心起，就把他叫过来问：

> 惠公“何敢来见寡人？”
>
> 庆郑对曰：“如果君王早听我的报答秦国施粮，就不会有这场战争。若是第二次愿听我的，也不会打这一仗。若第三次听我的不要骑小马出征，也不会被俘。臣对君王忠心至此，为何不敢来见君呢？”[25]

庆郑终不免一死！

虽说这是两千多年前的历史，但笔者在现代也遇到过类似情况。

笔者曾在成都帮一家家具厂做一个促销活动规划案，跟对方负责人谈的时候说好先付款20%，提案初稿交件时再付

25　冯梦龙，蔡元放．东周列国志．北京：人民文学出版社，1978：259.

60%，定稿后再付尾款20%。但笔者犯了个错！与对方签协议时，因为笔者不在成都，就跟同事说以上次见面谈的结果为基本原则（但文字内容笔者并没叫他们传给我看）；对方却很慎重地请他们的律师看了协议再传给我们，我（们）忽视这道程序就叫同事签字盖章并且开始作业。

等把初稿完成拿去，对方改了两次，我们也照顾客要求修改，在要向对方收六成款时，对方说只付全额的两成，其余的都不付了！但又加一句说明年有大案子要给我们做。等问清楚，把协议仔细拿来看，才发现客户在协议上加了一句话，“初稿待客户认可后付款”！我想了一下，就跟同事说：“把第二张六成款的发票拿回来吧，赶快结束这案子。”同事问我“不追究”？我说“怎么追？找律师告？划得来吗”？对方吃定我们不会请律师告他们，并且协议确实有瑕疵，我们太有自律性，但忘了对方不一定有。同事又问真的要咽下这口气？“不是，”我回答，“我不跟小人打交道。”没错，我不把时间、精力浪费在小人身上，就当作是交学费，教我以后不能再这样互相信任。商场各式各样的人都有，我不能这样率性而为。

谏之不听怎么办?

看古代历史，发现个性刚烈者还不少。尤其读到几则提谏言不听后谏言者做何反应的故事还颇为感慨，因为到了科学昌盛的现代，虽说没有古代那么多你杀我伐的情况，但在各种组织机构更多的现代社会，提出建议的人不敢说少，只是建议不被接受后也多半不再坚持主张，似乎放弃得也很痛快。不禁想，那这主张大概也不怎样，不然怎么不学学古人以死力谏呢？

◎ 为友以死明志

话说周宣王，调查一件事时，周宣王认为官员杜伯不认真查访，一气之下要把他斩首示众。这时杜伯的好友左儒急忙出面为朋友求情。可是周宣王认为左儒“为朋友而逆朕命，是重友而轻君也”。左儒再继续说：“君是友非，则当逆友而顺君。友是君非，则当违君而顺友。……王若必杀杜伯，臣请与杜伯俱死。”周宣王还在气头上，说：“朕杀杜伯，如去草芥，何须多费唇舌！”于是就叫“快斩！”武士将杜伯推出朝门斩了。[26]

左儒回到家中，自刎而死。

◎ 不听就动刀

楚文王得息侯之助先败蔡，活捉了蔡哀侯，回国后还要把蔡哀侯烹了来祭祀太庙。这时楚臣鬻拳谏文王，指出楚文王正想出师中原，若杀了蔡哀侯，其他诸侯必定恐惧，不如放了蔡哀侯，双方和好。但不论鬻拳如何进谏，楚文王就是不听！鬻拳则火上来了，突然左手抓着楚文王的衣袖，右手拔出佩刀指着文王说：“臣当与王俱死，不忍见王之失诸侯也！”楚文王吓坏了，赶忙说我听你的、我听你的，遂放了蔡哀侯。但鬻拳又说，王肯听臣，是楚国之福。但臣劫持君王，罪该万死，请斩臣！楚文王则说，知道你是一片忠心，

26 冯梦龙，蔡元放．东周列国志．北京：人民文学出版社，1978：6.

孤不怪罪于你。鬻拳又说，王虽然赦免我，我怎敢自己赦免自己？就拿着佩刀一刀把自己脚给砍断！还大声说："人臣有无礼于君者，视此！"楚文王于是下令把鬻拳的脚放在府里，让自己知道不听臣之谏的罪过！[27]

古时还真有不少血性汉子。

◎ 一走了之

谏了不听，走就是。宫之奇举家离国；繇余离西戎归秦；孔子离鲁；韩信、陈平与范增也陆续离开项羽，各奔前程。

27 冯梦龙，蔡元放．东周列国志．北京：人民文学出版社，1978：135-136.

08

第八章

凹凸契合

力田不如逢年，善仕不如遇合。

——《史记 · 佞幸列传》

说者与听者

先看一段故事。

汉文帝时有个邓通[1]，他没有什么才能，只因善于划船就当了黄头郎。汉文帝一直梦想升天，有次做了个梦，梦见有个黄头郎从背后推着他上了天，他回头看见那人衣衫的横腰部分，衣带在背后打了结。梦醒后，汉文帝按梦中所见暗自寻找推他上天的黄头郎。看到邓通，他的衣带在身后打了结，认为正是梦中所见的那人。

汉文帝把他召来询问他的姓名，从此汉文帝一天比一天地宠信他。邓通也老实谨慎，不喜欢和外人交往，汉文帝赏赐他十多次，总共上亿的金钱，官职升到上大夫。但是邓通没有别的才能，只是自己处事谨慎，谄媚皇帝而已。有一次，皇帝让善于相面的人给邓通相面，那人看了邓通后说："邓当贫饿而死。"文帝说："能使邓通富有的就在我，怎会说他会贫困呢？"于是文帝把蜀郡的铜山赐给了邓通，并给他铸钱的特权，从此"邓氏钱"流通全国。他的"富有"竟到这个程度。

汉文帝曾经得了痈疽病，邓通常为文帝吮吸脓血。文帝问邓通说："天下谁最爱我呢？"邓通说："应该没有谁比太子更爱您了。"太子前来看望文帝的病情，文帝要他给自己吮吸脓血，太子虽然照做，可是脸上却显露出为难的样子。过后太子听说邓通常为文帝吮吸脓血，心里感到惭愧，却也

1　司马迁．史记．哈尔滨：哈尔滨出版社，2017：1506-1507.

因此而怨恨邓通。等到汉文帝崩，太子即位，即汉景帝，邓通被免职，在家闲居。

过了不久，有人告发邓通偷盗了境外的铸钱。汉景帝把这事交给法官审理，结果确有此事，于是就结案，没收了邓通的全部家产，即使这样，邓通还欠朝廷好几亿钱。长公主刘嫖赏赐邓通钱财，官吏就马上没收顶债，连一只簪子也不让邓通戴。于是长公主就命令手下的人只借给邓通衣食的费用。竟使他不能有分文，邓通最后只能寄食在别人家里，直到死去。

从这段故事可看出，邓通一不是奸臣，二没出坏点子，三也没结交宫里宫外皇亲国戚跟强臣将相，他只是老实地做他的本分工作。突然间，皇恩浩荡，陡然而富，且是富中之富，原因呢？只因为皇帝做了个梦。笔者猜，如果在汉文帝病中，邓通边吸汉文帝脓血边说太子坏话，然后趁机怂恿汉文帝换太子也是可能的。勾践不就是这样把夫差感动得要死，而骊姬不就是这样说动晋献公换掉世子申生吗？

善仕不如遇合。

听或不听，可能是有人问而有人答，或是主动说出自己想说的，那相对就有问者与听者。所以这一定是两人之间因互动而发生的。

历史记载的多为帝王将相的故事，与他们互动的几乎都是其下属，都须依赖仰仗他（君王）而生存跟生活。所以听跟说的关系就是上对下、主跟从的关系，地位本就不平等，所以古书上多看到的字眼是“谏”。说得好，可能是一夕之间飞黄腾达官至上卿；说得不好，也可能会身死族灭。说的后果代价可是天差地别。既然如此，那何时何事该说或是该回应？听的人又怎么判断该听还是不该听？

◎ 说的人该说吗？

常见的“说者”，大概有两类：一类是君王身边的人，如臣下或是内宫妻妾子女；另一类就是外人，如他国臣子或是游说者。

在君王身边的，会答会谏有几种可能：针对君王行为（最多这类）、外国（君王）对本国的行事、针对未来君王可能的人选，还有就是君王对其他臣子的行为举止所做的反应。这些反应的背后动机，有为国家好的、有为君王好的，也有同时为自己好的。后果呢？有不计后果的（死都不怕），有抱着极大期待的（如自己的儿子可继位或是自己可得到更多权力）。如晏婴、宫之奇、庆郑、先轸、费无忌、赵高及萧何等。

而那些原本不在君王身边、跟君王没半点关系，却因缘巧合、主动或被动产生关系的说者或答者，如管仲、百里奚、蹇叔、卫鞅、孙武、苏秦、范雎、茅焦、李斯，以及张良、韩信等，他们之所以说的起因、动机与后果也大致如上。

◎ 听的人怎么反应？

能记入历史、被《史记》《资治通鉴》看上的人物事件，当然都是以军国大事居多，一些小事是不入圣人之眼的。所以我们现在所看到古代人面临的重大决策多半是要不要、做不做之类。管仲说了建议，齐桓公要么接受、要么不接受，没有说先试行一半，或是跟另一位（另一案）一起做，或是管仲的方案接受75%、别的方案做25%这种模式的。

简单说，听的人就是接受或不接受，二选一。这也是本书取名《听或不听》的缘由。

“说与听”的上下互动关系简列在表8–1中。

表8–1　说者与听者互动关系

	说者一方	听者反应 接受	不接受
事件起因	君王自己行为	□	□
	外国举措	□	□
	储位人选	□	□
	君王对他臣的处置	□	□
动机	为国家好	□	□
	为君王好	□	□
	为自己好（附带的）	□	□
后果	重大期待的实现（一己私利）	□	□
	不计任何后果，生死置之度外	□	□

如何做决策？

古人做决策似乎都不考虑成本效益或是方案比较。也许是当时知识简单，还没人倡导吧。所以以现今的决策方法来看，古人的决策说简单就是要不要，说难就是非生即死，成本效益是很吓人的。

古人极看重后世对他的评价，所以在进谏时敢于冒生死之代价而非说不可。茅焦明知道已有二十七人死在秦王殿下，可还是敢于觐见。他是抱着有可能把秦王说动而自己有可能会封疆列侯而冒死进谏的吗？看来也不是。但是那么多人只因一面之缘见了某国君主，说了君主所想所要的话后就封侯拜相，难怪游说之士前赴后继不绝于途！

有人看穿人性，即便君王已坐拥一国之地，国中美女、宝物已经是不计其数，但他还是会因额外的心动而做出与效益相比成本极高的决定。看看虞公弃同姓之好邻居虢；楚平王要抢自己的儿媳妇，还要杀自己的儿子，真是不可理解！现代经济学里有“边际效益”与“边际成本”的概念，照说身为小国的虞国也不是没有珠宝良马，晋国就算又给一些，边际效益有如此之高？再来说楚平王。他的后宫还缺女人？但一受费无忌怂恿就想把儿媳妇占为己有，秦女的边际效益会高于边际成本？还是说，这些国君的需求层次就只有“生理需求”？

如何让别人听？

古代各国都是家族企业，所以他们的上升阶梯可以不靠学问、不靠胆识、不靠历练，更非靠道德一途。再加上封建时代，帝王宝座是如此之吸引人、如此之诱惑人，一旦登位就可为所欲为，一旦失去后便如路人草莽！所以有人为了王位可以杀兄、杀弟甚至杀父！等登位之后，好田可以（齐桓公），好色更不必说，好璧玉宝马、好称霸诸侯皆可，欲望无穷，需求无限。只要有人可以满足君王需求，就能封侯拜相。

因此，把听者（君王）看成是有很多需求的人，这些需求也需要有人来满足他，他得到满足就可施予提供者（说者）地位与财富。因此，说者可看作是具备“专业技能”来满足听者之需求的人。如果说者只有一项技能就可满足听者所有需求，说者所得的报偿就是囊括听者所能提供的。管仲能让齐桓公既满足于田又满足于女色，最厉害的是，还能满足齐桓公想要称霸诸侯的虚荣心，还帮齐桓公分谤！这种君臣契合度是最高的。

如此说来，古代君臣之间的关系就如同“凹与凸”之间的模拟。把听者（君王）的需求看作是有缺的部分，如凹这样的图形。若需求很多很大，那就有很多凹下去的部分且深度很深；而说者呢，他的技能如同凸状，若能与听者的凹相契合，这就是君臣之合。《史记》所说，善仕不如遇合，就是此意。特用图8-1表达笔者的概念。

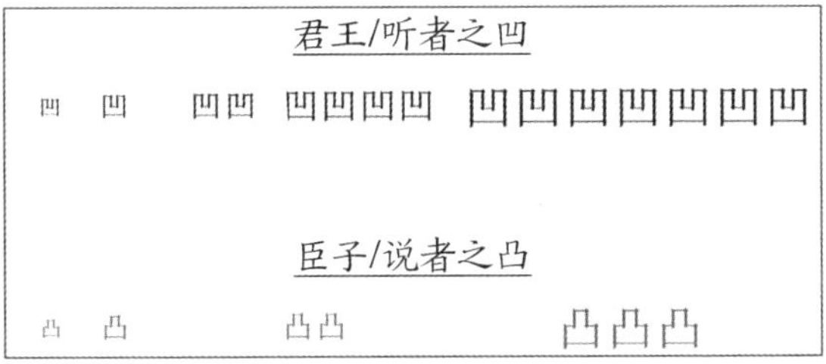

图8-1　君臣凹凸关系

说与听　凹凸契合而已

以凹凸概念出发，将本书提及的“听或不听”这些例子逐一套用，可做出一个“君臣凹凸契合图”。解释如下：

★ 横轴：描绘君（听者）之需求欲望。右边代表需求很多，各类需求都有，譬如富国强兵、光宗耀祖，但也有贪恋女色这些，只是自我实现比重高的就偏右侧，但不是没有低阶的生理需求。而左边相对而言是较多低层次的生理需求，但努力办理政事、为国争光这些就少了。

★ 纵轴：描绘臣（说者）之专长技能。上面代表能提供富国强兵之策，会做事，所以为正向；若只是提供谄媚之言、以声色犬马来取悦君主，则属低阶技能，以负向表示。

图8-2就是笔者用图形来阐述说者与听者在听或不听之后他们得到的结果。读者可自行绘图提出你们的看法。

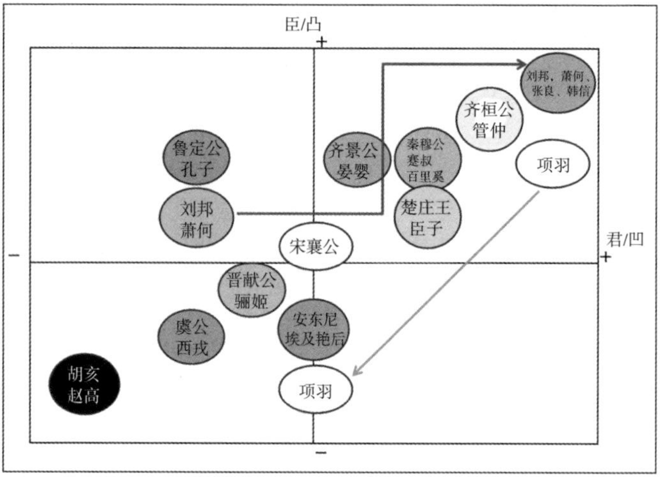

图8–2 君臣凹凸契合

坐标轴传统的左右上下标示，只是表示两极对照，在此并没有好坏的含义，但我们难免受制于传统的道德观念，认为好色者为昏君，所以应表示为负面或下层。笔者倒认为所有这些需求都是人性，不意味好色好财就是低下，只是相对于另一个极端，例如国政、称霸等。借用马斯洛需求模型，偏生理需求越多就越靠横轴左侧，偏自我实现多的就靠近横轴右侧。

等双方一碰面，凹与凸互相搭配、互相契合的程度愈高，就愈显搭配得当。记住，搭配双方没好坏之分，但搭配久了显现出来的后果要么走向富国强兵，天下归依，如刘邦与萧何、张良、韩信，齐桓公与管仲；要么反其道而行走到国破家亡，如安东尼与埃及艳后，胡亥与赵高。笔者再次强调，不是“听或不听”本身有好坏，是听或不听产生的“结果”有好坏。

写到这，笔者也自问一个问题：当一个佞臣，尽说恭维谄媚的话很容易吗？其实并不容易。不信读者你们试试。跟你的领导讲一周的奉承话，读者就能体会是否容易了。

◎ 契合是个动态过程

人是会变的，人的需求会因不同时空而发生变化。当某些需求满足后会产生新的需求，于是原先提供某类需求的人臣如果技能没有与时俱进，那他就有地位下滑甚至被取代的风险。楚国的费无忌、魏国的魏齐皆属此类。马斯洛需求阶梯很能说明此种情况。

局势更是会变。这有两种情形，一种是内部形势，另一种是外部形势。大到一个国家，小到一个企业单位，内部总有许多人才，姑且不论是属于坐标轴的上方或下方；而人才是会新陈代谢的，新的人才总会一一冒出，若是自己还在原地提供旧时技能，那被新人取代是早晚的事。再说外部。如今，地球村时代已经出现，如果把人才扩充到全球，人才库扩张，上位者就有更多的人才可以运用，原有人才的价值则会有更多可能被取代或是被发掘。

所以，契合是个动态过程，且越到今日变动越快也越广。

再说人君的角色。古代整个社会结构是上层极窄而其余都是下层的结构，中间阶层也很薄弱，并且整个社会财富（地位）都被上层人君与官吏掌控，要出头只能仰仗这少数人，所以听者的权力也就如此巨大，说者的出头机会就少得多。

到了现代，社会结构不变，上层虽然还有（政府领导人、内阁、地方政府人士等），但是私有企业兴起，有的甚至还超越一个国家的规模（美国《财富》杂志每年报道的全球五百强企业的规模都比许多国家的规模还大）。对众多私营、公营企业负责人来说，他就是一个领导，他的组织不论规模大小，在他下面就是有一群人替他做事，这样的企业就是一个说者与听者集结的小模型。所以本书谈到的“听或不听”这个议题在现今这个时代看来，不但不是炒历史冷饭，反而是有更多新的意义、新的启发，让现代人少走许多冤枉路。下一章就是给说者与听者的具体建议，请读者准备好你的笔，你需要为你的人生开始做新的计划了。

09

第九章

会说与会听

良药苦口利于病，忠言逆耳利于行。

——《史记·留侯世家》

邓通之所以能有天下之富，是因为汉文帝做了个梦。若是读者也期待获得升迁的最佳方式也是老板梦到你的话，那你就是做白日梦了。

不要忘了，管仲能获得齐桓公的信赖是因为管仲能说出一套富国强兵的方法。不但如此，他还加码说桓公既可好田又可好色，因为这些都无害于桓公称霸。[1] 说到这种程度，不像其他以高道德标准来约束君主的臣子，管仲怎能不得到桓公信赖？难怪被尊为“仲父”。

晏婴身高不及五尺，出使楚国能舌战楚廷（诸葛亮舌战群儒的原始版），又能以二桃挑拨三士让他们自尽以除隐患，靠的是什么？

在茅焦前面进谏的二十七位大夫没学问、口才不行吗？那为何一一被斩给了茅焦机会说服秦王政？

秦昭襄王一听范雎大声嚷嚷说“秦独有太后、穰侯耳，安得有王”[2]，就甘心长跪于范雎一草民之前请教，不正是因为秦昭襄王想听吗？

项羽会输，是因为他不听。或说他不会听、不想听，自己心里已经不把别人放在眼里，怎会耐住性子仔细听呢？

1　冯梦龙，蔡元放．东周列国志．北京：人民文学出版社，1978：127.
2　同上，第 927 页。

苹果公司乔布斯能一语说动史考利，就在于一个会说，但另一个也会听。

所以，会说与会听，两者都重要。君臣契合之道，关键在于要有会说之人也要有会听之人，方才合拍。

光口才好只是入门汉，不过是少正卯[3]第二罢了！

当上领导以为就此一帆风顺那也太天真了，要是你听错了人可是会导致自己江河日下的。

所以要想真正契合（对说与听的人都适用），本书提出一些建议给读者，相信对双方多少都会有所帮助（绝对值回购买本书的费用）。我们先从“说者”开始。

如何才“会说”？

如何能避免成为少正卯呢？本书建议采取下列步骤（可免于“被斩”），它是一个由六个步骤组成的过程，笔者称之为“说者六步”。

---

3 冯梦龙，蔡元放．东周列国志．北京：人民文学出版社，1978：734.

◎ 说者六步

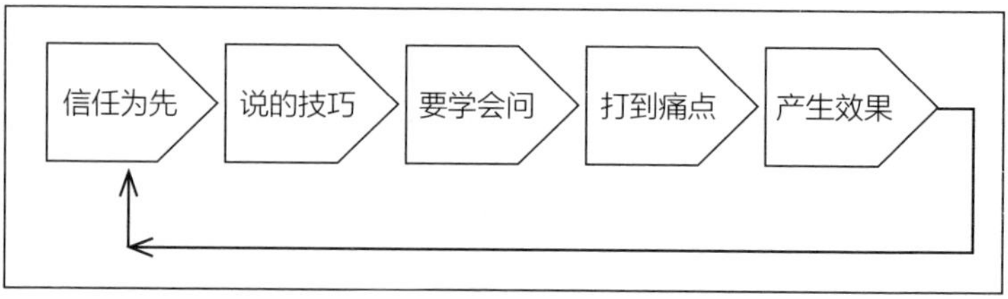

图9-1 说者六步

◎ 步骤一：信任第一

第二章曾提过秦为何能灭六国。其中提到秦昭襄王与范雎契合的经过，有一句话是所有（想）说的人，即使到了现在都不该忘记的，那就是“信与不信之异也”：在说之前，（最好是）先取得听者的信任，不然说的结果还是白说。而且就算有了信任，听者仍可能在其他地方不听，以致说者之前的努力都付诸东流！

在这说一段笔者早期经历，也不怕读者见笑。早期笔者在台湾工作时，与我们的合作公司、渠道经销商等有许多往来。在春节以及中秋节前，我们公司都会推出咖啡礼盒，而这都需要在节前铺到零售渠道。正式的销售计划我们都要经过多次准备与排练，然后才邀请渠道经销商来参加产品上市会议，这是白天的活动。到了华灯初上，晚餐时间到了，我们都会在不错的餐厅准备晚餐招待大家。笔者一直有个疑问，就是我们常去的那家港式餐厅到底第三道菜之后是哪些好吃的？笔者去了好几次，第一道菜一定是冷盘，然后是烧腊拼盘，再是烫虾，但笔者从没见过第四道菜以及之后的。原因是，白天的简报、计划、方案是我们准备好的，重头戏是经销商他们买账不买账！那他们的标准也很简单，就是除了产品本身没问题外，晚宴时我们产品经理能喝多少酒他们就进多少货！所以我们内部就分工，产品经理负责白天简报，销售经理负责晚上吃饭。但我们产品经理也不能滴酒不沾，不然业绩会出问题。我们还是要喝，各桌都要，只是分量少点。多少呢？以笔者而言，上菜上到第三道后笔者就撑不住了，赶紧趁“兵荒马乱”之际溜走。虽被讥为无胆之人，但尽本分就是。后来笔者体会出来了，我们产品部和销售部就是一个团队，经销商是看我们这个团队的表现才对我们产生信心。个人不必也无法全部包办。

所以要做成一件事，必须要让对方对你产生信心，要让对方信任你，而取得信任是非常不易的，看说者的本事。

当然，你取得了听者的信任，并不意味着听者事事都听你的。齐景公不能没有晏婴替他打理国事，但当齐景公需要满足生理需求、需要放松时他就去找梁丘据。这不是说景公对晏婴失去信任，但晏婴也就是满足齐景公八九成的需求吧！而刘邦，论成就可以说高于齐桓公，但刘邦的需求却是靠好几个人分工之后来达成的。运筹帷幄有张良、陈平，攻城略地有韩信、英布，后勤给养有萧何。所以他信任很多人，会听取很多人的意见。

而且，一个人对一个人的信任也不是一成不变的。伍子胥是先取得阖闾的信任，才能借吴国之兵替他报仇。夫差想要阖闾立他为世子，也是央请伍子胥替他说话。但夫差第一次击败越国后对自己有了信心，对伍子胥的契合需求就开始减少了，因为夫差其他的需求欲望起来了，而这是伍子胥做不到的

（所以伯嚭才有机会蹿升）。夫差甚至最后逼伍子胥自尽。

而没有取得听者的信任，听者没有采纳你的意见，有时候后果也是很严重的。扁鹊见蔡桓公，看了一会，扁鹊说桓公生病了，病因在皮肤的毛孔，如果不治恐怕会加重。桓公只说我没病。过了十天，扁鹊又来见桓公，说桓公的病已经进到肌肉里了，不治的话会更加严重！桓公没回应。等再过十天，扁鹊又来见桓公，说桓公的病根跑到肠胃去了，不治不行了。桓公还是不理。于是十天又过了。等这次扁鹊见了桓公，转身就走。桓公故意叫人去问他。扁鹊说，当病在皮肤时，用药热敷即可；在肌肉时，用针灸就好；在肠胃时，用火煎汤药也能好。可是进到骨髓里，就治不了了！现在桓公的病已深入骨髓，我也没办法了。过了五天，桓公身体疼痛，派人去找扁鹊，但扁鹊已逃到秦国去了。桓公也病死了。[4]桓公之死，皆因不信扁鹊。

可见，合不合拍，信任极其重要。

在这插一小段。提出“定位”（Positioning）观念的Al Ries 和 Jack Trout在其出版的Horse Sense（台湾之前翻译叫《骑出成功》，大陆版现在翻译叫《人生定位》）[5]书中，对成功这件事有个有趣的说法：

更努力地工作、更坚定地相信自己、更积极地

4 韩非子．韩非子．北京：线装书局，2018：164.

5 艾·里斯，杰克·特劳特．人生定位．何峻，王俊兰等，译．北京：机械工业出版社，2011.

思考，并不能让你取得成功。……要成功，你必须骑上一匹好马。

两位作者对“骑上一匹好马”的解释是指找个好岳父，可以少奋斗二十年，或说根本不必奋斗了；也可找个好对象结婚，有配偶罩着自己，从此一帆风顺；要么找个好老板，让他视你为嫡传弟子，那你蹿升的速度将如火箭似的。诸如此类的看法就是找匹好马的意思。

这倒是对人生有深刻体悟后发出的醒世箴言。不过，找到好马时，别人也同样会看上这匹马啊，那为何只有你有机会骑它呢？还是必须先产生信任。

若双方是初识呢？没有信任基础怎么办？可以找人推荐，所以找工作找对象有人推荐是很重要的，就连申请一些学校都要有推荐信。要是连推荐都没呢？或是虽有人推荐，还是没充分信任呢？此时你必须做到第二步，要会说。

◎ 步骤二：说要有技巧

俗话说“以理服人”。但若是能“动之以情，晓之以理”可能效果更好。

触龙说赵太后[6]

秦国进攻赵国，夺取三座城市。赵王新即位，赵太后执

6　司马光．资治通鉴．北京：中国文联出版社，2000：42-43.

掌政事，向齐国求救。齐国答应出兵，但必须以赵公子长安君做人质。赵太后不答应，齐国的军队也就不发。赵国大臣极力劝说赵太后。赵太后明白地对左右随从说，要是再提让长安君去做人质的事，我老婆子一定要往他脸上吐口水！

一日，左师触龙求见赵太后，赵太后气冲冲地等着他进来。触龙却慢吞吞走过来坐下，对话如下：

触龙："老臣我的腿脚不好，很久没有来看望太后了，又担心太后的身体有什么不适，所以还是希望能来见见太后。"

赵太后说："老婆子我只能靠人推车走了。"

触龙又问："饭量该不会减少了吧？"

太后："只靠喝粥而已。"（太后脸上的不悦之色稍稍宽解。）

触龙又说："我的儿子舒祺，年纪最小，不成器，而我也老了，私底下最怜爱他。想请太后让他补个黑衣卫士的缺去护卫王宫，拜托了！"

太后："可以。他年龄多大了？"

触龙回答说："十五岁了。虽然他年轻，可我想趁我这把老骨头还没入土为他做个安排。"

太后："大丈夫也疼爱小儿子吗？"

触龙："比妇人厉害。"

太后笑着说："妇人特别厉害！"

触龙回说："我觉得，老太太您爱女儿燕后胜过儿子长安君。"

太后："你错了！我对燕后远不如对长安君。"

触龙又说："父母疼爱孩子，就要为他们考

虑深远。老太太您送燕后出嫁时，抓住她的脚后跟而掉眼泪，想到她要到遥远的燕国去，心情十分悲伤。等燕后走后，您不是不想她，可到祭祀时却祈愿说：‘千万别让她回来！’这难道不是为她长久打算，希望她的子孙能在燕国相继为王吗？”

太后点头说：“是这样。”

触龙又说：“从现在起三代以前，赵王的子孙被封侯的，现在有继承人在位的吗？”

太后回答：“没有了。”

触龙：“这就是说，近的，灾祸殃及其身；远的，殃及其子孙。难道说君王的儿子封侯就不成才吗？他们地位尊贵而无军功，俸禄丰厚而无劳苦，却享有国家的许多宝器。如今太后您提高长安君的地位，封给他肥沃的土地，赐给他许多宝器，却不让他趁现在为国家立功。一旦您不在世上，长安君靠什么在赵国自立呢？”

太后立刻说：“好，任凭您去安排他吧！”

于是下令为长安君套好一百辆车，去齐国做人质。齐国于是发兵，秦国退兵。

甘罗说张唐[7]

吕不韦在秦为丞相时，要和燕国和好，双方约定由燕国

7 冯梦龙，蔡元放．东周列国志．北京：人民文学出版社，1978：999-1000.

遣太子来秦做人质，秦则派一位大臣去燕为相。吕不韦属意派张唐去，但张唐不愿意，因为去燕一定会经过赵国，而张唐屡次伐赵，故担心被赵抓了就是死路一条。吕不韦为此烦恼。

吕不韦门下有一门客，甘罗，才十二岁，他见吕不韦有心事，就叩问吕相，得知原委后，甘罗说他可以让张唐去。吕不韦就骂道："你一个小孩子懂什么，我亲自去请都没用，他会听你的？"甘罗说"从前项橐七岁可以做孔子老师，臣今年十二岁，比他还年长五岁。如果我试了不成，再骂我也不晚。为何要小看人呢？"吕不韦为其言所动，就恭敬地说："如果你能让张唐去，事成就拜你为卿位。"甘罗就去了。

张唐知有相国门客来，一见竟是个小孩，对话如下：

张唐："小孩子来干啥？"

甘罗："特来吊君耳！"

张唐："我有何事可吊？"

甘罗："君之功，自认跟武安君（白起）相比如何？"

张唐："不及十一也。"

甘罗："那当年应侯在位时，跟现在文信侯（不韦）相比，谁比较得秦王信任？"

张唐："应侯不及文信侯。"

甘罗："那你一定知道文信侯的权力大于应侯咯？"

张唐："怎会不知。"

甘罗："以前应侯要武安君攻赵，武安君不肯，应侯一怒，武安君就被逐出咸阳，死在杜邮。

而今文信侯请你去燕国为相，而你不肯去。这就好比应侯容不下武安君，而你想文信侯容得了你吗？你的死期不远了。”

张唐马上变色说：“请你教我！”

由此看出说的威力。但把“说”这功夫给说到极致，读者要先学会“问”。问话也是说的一种，只不过呈现方式是以问话方式展现出来的。

◎ 步骤三：会问比会说重要

上文所举触龙与甘罗的故事也是问话结构。不知读者有没有体会出来，会不会说的一个关键是“会不会问”，用“问问题”的方式让对方自己发现他其实真正需要的是什么后，他才容易听得进去。近几十年来，在企业的销售领域，不论是实战还是培训，有个销售方法叫SPIN[8]，大受欢迎也大行其道，读者可以上网去看看它的背景。简单一句说清楚：“最佳的（销售）话术不是用说的，而是用问的。”当你用问问题的方式去跟你想要沟通的人说话时，他会把他真正要的说出来，而他可能还不自知。如果你有东西可以满足他，他自然就会购买你的东西（或者有这个想法）了。这就是SPIN 销售法。

我猜多数人都听过类似这样的故事：

8　尼尔·雷克汉姆．销售巨人．石晓军，译．北京：中华工商联出版社，2010.

在一个天气晴朗的下午，一位到海边度假的富翁遇到了一位正在睡觉的渔夫。富翁说："今天天气好，正好可捕鱼，你怎么在这里睡大觉？"

渔夫说："我给自己定的目标是每天捕10公斤鱼，平时要撒网5次。今天天气好，我只撒网2次，任务就全部完成，所以没事睡大觉。"

富翁说："那你为什么不借机多撒几次网，捕更多的鱼呢？"

"那又有什么用呢？"渔夫不解地问。

富翁说："那样你就可以在不久的将来买一艘大船。"

"那又怎样？"

"你可以雇人到深海去捕更多的鱼。"

"然后呢？"

"你可以办一个鱼类加工厂，那你就可以做大老板，再也不用捕鱼了。"

"那我干什么呢？"

"你就可以在沙滩上晒晒太阳，睡睡觉了。"

渔夫哈哈大笑说："你这个人真会说笑，那我现在不就在睡觉和晒太阳吗？"

这个故事有许多版本，但或许你并不知道最早的版本来自古罗马。[9]

9　盐野七生．罗马人的故事I：罗马不是一天建成的．计丽屏，译，北京：中信出版社，2013：200-201.

公元前283年，罗马向塔兰托宣战。塔兰托习惯把保卫国家的重任交给其他国家的雇佣兵，这次他们选中的是希腊北部的王国伊庇鲁斯，国王是皮洛士。塔兰托使者来的那一年，皮洛士40岁上下。对皮洛士来说，与罗马这个无名国家作战似乎兴趣不大，但是塔兰托答应的37万兵力引起他极大兴趣。

当时国王的亲信齐纳斯问皮洛士："罗马人是优秀的战士，有很多部族共同参战。如果我们战胜了罗马人，您有什么打算？"

皮洛士听罢，当即回答说："这还用说吗，齐纳斯，只要我们打败了罗马人，那里的其他民族就不会再有人与我们为敌了。广阔富饶的意大利成为我们的囊中物只是时间问题。"

齐纳斯沉默了片刻，又开口问道："征服了意大利之后，您有什么打算？"

皮洛士："西西里靠近意大利，我们当然不会放过这个岛。那里土地肥沃，生活富裕，人口众多，征服它应该轻而易举。"

齐纳斯又问国王："也许如您所说，征服西西里很容易。但是，称霸西西里后是不是标志着我们的远征就结束了呢？"

对于这一问题，皮洛士明确地回答说："如果众神赐予人类以胜利，那么让胜利成为更大事业的基础是我们人类能做的最起码的答谢。夺取西西里后，利比亚和迦太基已经近在咫尺，阿加托克利斯能做到的事我们当然也可以。等到这些也完成后，该轮到我们的敌人闻风丧胆了。"

"当然，敌人会胆战心惊，"齐纳斯回答说，

“等到我们拥有了如此强大的力量，无疑，马其顿，不，全希腊都会臣服于我们。但是，陛下，在那之后您做何打算？”

听到这，皮洛士哈哈大笑：“除了休息还能有什么？到时候，就痛痛快快地歇个够，每天喝喝酒，开开心心地回忆往昔的战斗历程，你觉得怎么样？”

齐纳斯于是小心翼翼地问国王：“喝酒现在不行吗？又没有人禁止，而且令人愉快的战斗经历我们也有。即使我们不再流更多的血，吃更多的苦，冒更大的风险，也完全可以。我们去加害别人，难免自己也会受伤啊。”

这个问题让皮洛士感到不悦。但是呢，他并没有因此改变决定。（也许这次没能说服成功，但说的技巧依然一流。）

这就是西方销售技巧的鼻祖，其实早在两千多年前历史就教给我们了。

◎ 步骤四：打到痛点

“痛点”是当代热门词，其实就是需求点。

卫鞅在魏国不得其用，但也很公平，魏惠王也没有要杀他，随卫鞅自去自留，皆因不信之故。那为何秦孝公会用卫鞅呢？书上记载是卫鞅说了三次终于击中秦孝公的痛点，才得到秦孝公的信任！（可惜的是史书没有记载卫鞅是否有机会说服魏惠王。）

齐公子小白齐桓公刚即位，鲍叔牙不推荐别人竟推荐差点把他一箭射死的管仲！但管仲既能满足齐桓公要强齐的需求，又能打到齐桓公好田又好色的痛点，所以齐桓公心里认定了管仲，因为从此国家大事有人管，吃喝玩乐的事还正正当当，他怎么不会重用管仲呢？这也是之后竖刁、易牙跟开方能有机会接近齐桓公，成为三贵的原因，因为齐桓公对美食与女色的需求永无止境！

范雎猜中了秦昭襄王的痛点，国家大政被太后和其亲戚所把持，苦无解策，遇范雎如大旱之望云霓一般希望获得解脱。

孔子会流浪各国，是不知鲁定公的痛点！笔者也很不解，既然孔子那么推崇管仲，怎不见贤思齐呢？唯一解释就是个性使然！孔子做不到！这也是笔者询问读者的，你能做到不停地奉承你领导一个星期吗？

◎ 步骤五：先有效果

到此四步骤做到做好，还只是起步，说者要能证明所说的能获得验证，也就是要看到绩效。《东周列国志》有如下记载：

★ 管仲秉政三年，齐国大治。[10]

10 冯梦龙，蔡元放．东周列国志．北京：人民文学出版社，1978：135.

★ 秦穆公自二相（蹇叔跟百里奚）兼政，立法教民，兴利除害，秦国大治。[11]

★ 伍子胥为阖闾辅政后，仓廪府库，无所不备。[12]

★ 卫鞅为秦孝公变法，道不拾遗，国无盗贼，仓廪充足，勇于公战，而不敢私斗。秦国富强，天下莫比。[13]

★ 秦昭襄王用范雎，用其计东伐韩魏，止白起伐齐之师不行。收穰侯相印，逐三君于关外，不许太后与闻政事。[14]

这就是绩效。

◎ **步骤六：重复步骤一到五**

有了效益，证明所说是有用的，于是听者对其更加信任，再说其他的也会更容易，绩效又会产生，如此循环下去，君臣不就越来越契合吗？

若是听者有新的需求而说者无法满足，切勿留恋，可学孙武，可学范蠡；勿学子胥，勿学文种。古语说兔死狗烹，当代话叫功高震主，下场都是一样的。

反面思考：为何说话要讲技巧呢？

前面说了这么多“说话”要有技巧的事，相信也有读者不同意此种说法，认为有话直说不就很好？拐弯抹角不是很

11 冯梦龙，蔡元放．东周列国志．北京：人民文学出版社，1978：221.
12 同上，第686页。
13 同上，第829页。
14 同上，第928–929页。

虚伪？这也是一种观点。（所以笔者也“听”进去了。）

我们一定听过“讲话要有技巧”这句老话，但这里的意思是提醒说的人注意给人面子，不要让人下不了台，尤其不能让你的领导下不了台！会有这些想法，似乎意味着这样的组织、这样的领导甚至同僚们都是不值得提出建言的，因为他们就在乎表面人和，表面文章！试想，凡事都要注意讲话技巧，不要得罪人，这样的组织、文化以及领导，就算你私下建言，他们就会接受？如果这是一家家族企业，就算你的领导不高兴你直言，但如果你的建议对整个组织好，那他也是受益者啊？就算你的老板不爱听，但如果你的建议能让企业更有效率，效益更好，他不是最大的受益者吗？就算你的领导觉得面子受损，但整个单位若因此而精进，升官的不还是他吗？

中国人最在意面子。或先人、或长者、或同事、或同学，（相信）他们的本意都是好的，喜欢告诫我们做事要低调、做人要圆滑，因为这样才会让你减小人生奋斗的阻力。最大的原因就是历史告诉我们，犯颜直谏多没好下场！是的，血迹斑斑。但狄仁杰说得好：“犯颜直谏，自古以为难。臣以为遇桀、纣则难，遇尧、舜则易。”[15]笔者深以为然。

或谓要注意场合，不要让领导难堪，有事私下说。但笔者也做过领导，就遇到很多情况是大家在会议上不发言，会议后意见特多！“尔无面从，退有后言”[16]“入则顺旨，

15 冯梦龙，蔡元放．东周列国志．北京：人民文学出版社，1978：386.
16 同上，第355页。

退则不从”[17]的例子实在举不胜举。不想引起公开冲突？其实，这才是组织毒瘤！

都说领导英明。真的吗？你真的相信还是你只是嘴上说说？看看孙权的一个故事：[18]

吴王孙权任用扬州牧吕范为大司马，印信和绶带还没有下达，吕范就去世了。最初，孙策让吕范掌管财政，当时吴王孙权年少，私下向吕范借钱索物，吕范定要禀告，不敢专断许可，为此，当时即被孙权所怨恨。后来，孙权代理阳羡长，有私下开支，孙策有时进行核计审查，功曹周谷就为孙权制造假账，使他不受责问，孙权那时十分满意他。但等到孙权统管国事后，却认为吕范忠诚，深为信任，而周谷善于欺骗，伪造簿册文书，不予录用。

对一个人是否尽忠职守的标准只在于领导者当时的职位与角色。职位与角色一变，看人的标准就可以不同？那还有标准可言？不都是视人如家臣？家臣还有是非吗？

领导者应深谋远虑，不要轻易表露出喜恶，以免为臣下所制，古语：“上有好者，下必甚焉。”就如同周王子颓好牛，饲牛者皆有赏；[19]卫懿公好鹤，养鹤之人皆有长俸；[20]

17 冯梦龙，蔡元放．东周列国志．北京：人民文学出版社，1978：290.
18 同上，第236页。
19 同上，第152页。
20 同上，第186页。

楚灵王喜细腰，于是宫人减食忍饿以求腰细。[21]至于喜好女色、喜好金钱的就更不必说了。不要以为鲁定公跟楚平王之流只有古代才有，看看台湾的陈水扁、看看近几年大陆公布的贪腐案例实在令人大跌眼镜。

那当领导没有喜听直言的吗？

唐太宗曾批评臣子们："中书、门下，是机要的单位，诏敕有不便的，都应辩论坚持己见。近来却只看到顺从的，听不到违拒及异议的。如果只是照行文书，则谁不能做，何必选择贤才呢？"[22]（唐太宗骂得好！）

前文提过先轸唾面晋襄公之例，今人别说唾面，面折都已是凤毛麟角。当然，会到如此地步，领导者也要负主要责任。这句"事皆自决，不任群臣。"[23]这样的场景是否面熟？这是指谁？这是唐贞观四年（公元630）太宗评论隋文帝的话。时至今日，这样的领导比比皆是，以致身在他下面的所有高管其实都是他的助理（更难听的词就是家奴）而已。

说了正反两种观点，读者自行判断要如何为人处世。

---

21 冯梦龙，蔡元放．东周列国志．北京：人民文学出版社，1978：617.
22 同上，第 351 页。
23 同上，第 353 页。

如何才“会听”？

怎么叫“会听”呢？先说上位者的会听，再说下位者的会听。

◎ 在上者之听

唐贞观二年（公元628），太宗与魏征的对话：[24]

> 太宗：“人主何为而明，何为而暗？”
>
> 魏征：“兼听则明，偏信则暗。……秦二世偏信赵高，以成望夷之祸；梁武帝偏信朱异，以取台城之辱；隋炀帝偏信虞世基，以致彭城阁之变。是故人君监听广纳，则贵臣不得拥蔽，而下情得以上通也。”
>
> 上曰：“善。”

多从不同渠道听来自各方的看法固然是对的，那万一举国皆曰是呢？也听？看看这两例。

东周燕王哙当政的时候，他的丞相叫子之。苏秦的两个弟弟苏代与苏厉和子之交好，每遇到各诸侯的使者就称赞子之之名。有一次燕王哙就问苏代，说齐王有孟尝君，这是天下之大贤人啊，那齐可以称霸吗？苏代回答说不能，燕王很好奇，于是就问苏代原因，苏代说齐王虽然知道孟尝君有贤能之才，但不肯把国事交付给他，怎么称霸？燕王哙就说寡

24 冯梦龙，蔡元放．东周列国志．北京：人民文学出版社，1978：348.

人恨不得有孟尝君，要是有的话把国事交给他有何难呢？苏代马上说，您的相国子之就是啊。燕王哙就真的这么做。

过了不久又有个叫鹿毛寿的人出来对燕王说，大王您不如干脆把整个国家都让给丞相好了，这样您不就是跟尧舜一样吗？想不到燕王哙真的废太子平，禅位给子之。子之初还谦让，但还是受了！（历史上不断上演这种矫情戏码）哙反而称臣！苏代跟鹿毛寿都被封为上卿。之后燕国大乱，齐国趁机来攻，然后鹿毛寿战死，子之身负重伤被擒。燕王哙自缢，苏代奔周。齐愍王亲数子之之罪，凌迟处死。[25]

再看王莽。王莽，从小就成了孤儿，不能与其他人相比，以致王莽是屈己下人，态度谦恭，勤学苦修，侍奉母亲跟寡嫂，抚养亡兄的遗孤，十分尽心周到！同时，在外结交的都是些俊杰之士，对待诸位伯父叔父也都能委屈迁就，礼敬有加。大将军王凤病重时，王莽侍候他，亲口尝药，一连几个月都不解衣入睡，因而蓬头垢面。王凤将死时，把王莽托付给太后及成帝。之后，叔父成都侯王商上书，表示愿分出自己的封地给王莽。当代名士，也都为王莽美言。成帝因而认为王莽贤能，太后又屡次以此嘱咐成帝。

王莽在宫廷服务谨慎尽心，爵位越尊贵，他的礼节操守越谦恭。他把自己的车马、衣物、皮裘周济给门下宾客，而自己却家无余财。他收罗培养名士，结交很多将、相、卿、大夫，因而在位的官员轮番向皇帝推荐他，善游说的人也为他到处宣传，（虚假不实的）声誉隆盛无比，压过了他的诸

25　冯梦龙，蔡元放．东周列国志．北京：人民文学出版社，1978：870–871.

位伯父叔父。他敢于做违俗立异的事情，而又安然处之，毫无愧色。王莽曾私下买了一个婢女，兄弟中有人听说了，王莽于是辩解："将军朱子元没有儿子，我听说此女有宜男相。"当天就把婢女奉送给朱博。他就是这样隐匿真情博取名声！最后，王莽篡汉！[26]

不过也替这两位国君说句公道话，换作其他人也未必不受蒙蔽！

◎ 少说为上

在上者养成会听的习惯之前，更应该学习"少说。"

任何人说多了都难免会暴露出自己的内心所想。为君者更应警惕。因为曲意逢迎者一旦看出君之所好或君之所恶，一定会想尽方法讨好。不要说在古代帝王时期，就是在现代也一样。

《哈佛商业评论》曾提到一个个案，个案作者说，人一旦当上了企业最高领导CEO之后，他就失去了两件东西：一个是吃粗茶淡饭的机会；还有一个就是再也没机会听见真话了！为何呢？作者举了个实例。他当上美国某企业的CEO后，第一天上班，他秘书问他喜欢什么水果，好为他准备，他随口一说来点香蕉吧。一周过后他到各地分公司去看看，想认识下大家，就发现每家分公司都为他准备了香蕉。又有一次他随口问问说某家分公司的人员绩效似乎比不上其他分

26 冯梦龙，蔡元放．东周列国志．北京：人民文学出版社，1978：180-182.

公司，他想知道详细原因。没过多久，他想起这事，就问销售副总裁有没有这家分公司的后续报告？令他诧异的是，副总裁跟这位CEO报告说，已经把那家分公司关了，人员也辞退了！CEO非常惊讶，问为什么呢？副总裁说，您不是说他们绩效不好吗？所以我就把他们裁了。作者就提醒自己，讲话时真要小心。

Scott Paper，曾经是美国以及全球知名的家用纸企业，台湾称为史谷脱纸业，他们的跨国经营极早，在台湾更是雄霸家用纸市场，品牌叫“舒洁”。笔者还在这家台湾分公司工作的时候，公司新来一位高管，职务是营销与业务资深副总裁。他一来所展现的就是强势，好像生怕没人知道他官很大的样子。最让我们对他有意见的，是他经常把“开除”这字眼挂在嘴边，动不动就说谁要是没做好工作就等着被开除！于是在他所在场的会议里，以往各位同事还会各抒己见，后来大家就默不作声，不是噤若寒蝉，而是大家开始等，等他犯错。

开会时，领导更要学习“闭嘴”，因为只要他一表示意见、看法，整个会议就开始出现一面倒的情况，几乎听不到其他“异”见了。然后那句古话就开始出现：“尔无面从，退有后言。”以及“入则顺旨，退则不从。”真是屡见不鲜。孰令致之？

另一种少说的意思是指真正的少说。有些领导人太爱说话。会议上爱说，会议下也爱说。部属讲3分钟不到，他一补充就补个半小时。助理找他请示下，整个时间就变成领导在演说。当一个领导控制不住他的讲话欲望时，就使得大家都不说了（也没时间说）！本来是想跟领导沟通的，但往往变成听训，那谁还愿意来说呢？

◎ **在下者之听**

身处下位者，说的机会并不多，多半还是听。

如果领导问你的意见，你可以表示顺从，可以表示不同意见，也可趁机发表高论。如果听到领导一番高论，内心自可判断是该学还是该丢。

现在的企业在招人时，网上招聘是最常见的途径。有的也会找猎头公司，这多半就是一定位阶以上才会用到的方式。找同学、朋友推荐的也有，但就怕你央请推荐的人其实他不愿意推荐，其中原因各异。这些招人（才）的方法，似乎在过去三十年都没有什么改变，把登报招人换成互联网招人，本质上还不是一模一样？现在的HR（人力资源）部门跟当年的相比又进步多少？我给的答案是：0.01。基本上现在所看到的HR招人的方法根本没变。

早在三十多年前我认识的一个老总就说过这么一段话，他是看到当时我们公司HR招人的情况有感而发。他说：

> 如果我做HR部门主管，我每周一定会出去找人聊天，请人吃饭。看看别的企业有什么动态，有哪些人才被提到。然后我就想办法找到他们，约他们喝咖啡、请他们吃饭，建立人才库。一旦遇到真正的好人才就推荐给自己企业，就算目前没空缺也要

想办法找缺。若是像目前这种需要招人时才去登报或是找猎头公司，都已经算晚了！

笔者当时听到这段话就打心里佩服他，而这段话我能记到现在，可见我从那天起到现在都没遇上过一位用这种思路、这种态度去寻觅人才的。HR部门老是想新花样来做绩效评估，滥用平衡计分卡，他们就是渎职！不要说好人才难寻，有理念的高管更是难寻！

一般企业都很讨厌人员之间互相钩心斗角或是造谣生非。那万一你听到类似这类言论时你会怎么反应？这有个例子。又跟齐桓公和管仲有关。

话说一次齐桓公要赏赐管仲，齐桓公把一位大夫伯氏的封地三百户转给了管仲。[27]等管仲过世，齐桓公把管仲生前的封地都让管仲的儿子继承。此时易牙来跟伯氏说，以前君王把原本是你的封地给了管仲，现在管仲已不在了，你何不跟君王说去把地给要回来，我可以从旁帮你说话。哪知伯氏泣曰：[28]

“吾惟无功，是以失邑。仲虽死，仲之功尚在也。吾何面目求邑于君乎？”

易牙叹曰：“仲死而犹能使伯氏心服，吾侪真小人矣！”

（易牙也难得说句心里话。）

27 冯梦龙，蔡元放．东周列国志．北京：人民文学出版社，1978：198.
28 同上，第249页。

10

第十章

人生进退

良禽择木而栖，贤臣择主而事。

——罗贯中《三国演义》

何谓明主？何谓昏君？何谓佞臣？又何谓贤臣？

前文提到，导致三家分晋的智伯，自己骄傲自大，野心勃勃，但过于轻视对手反由胜转败！智伯的故事还有下文。智伯除了谋士郄疵外，还有一位叫豫让的，他就是《史记·刺客列传》里面为智伯报仇的刺客。

豫让是晋国人，曾经侍奉过范氏和中行氏两家大臣，但没什么名声。他离开后去侍奉智伯，智伯却特别礼遇他。等到智伯被灭，三家分了他的封地。赵襄子最恨智伯，就把他的头盖骨漆成饮器。[1]豫让视智伯为知己，立誓要替他报仇！于是更名改姓，伪装成受过刑的人，进入赵襄子宫中修整厕所，身上藏着匕首，想要用它刺杀赵襄子。赵襄子到厕所去，心一悸动，拘问修厕所的人，结果抓到豫让，他衣服里面藏着利刃，果然是要替智伯报仇！侍卫要杀掉他。赵襄子认为他是义士，就说自己小心谨慎地回避他就是了。还说智伯死后没有继承人，而他的家臣想替他报仇，这乃是天下的贤人。最后还是把豫让放走了。

等过了一段时间，豫让在身上涂漆，使肌肤肿烂，像得了癞疮；吞炭使声音变得嘶哑，这样自己的相貌声音就都不易被认出来了。沿街讨饭，就连他的妻子也不认识他了。路上遇见他的朋友，对方却认得出他，说："你不是豫让吗？"回答说："是我。"朋友流着眼泪说："凭着您的才

1　作者注：《史记》记载为饮器，《东周列国志》为便器，想来便器比较有可能。饮器怎饮得下去？

能，委身侍奉赵襄子，他一定会亲近宠爱您。他亲近宠爱您后，您再去做您想做的事，难道不是很容易吗？何苦自己摧残身体，丑化相貌，要用这样的办法达到向赵襄子报仇的目的，这不是很困难吗？”豫让则说：“托身侍奉人家以后，又要杀掉他，这是怀着异心侍奉他的君主啊。况且我做的事是非常困难的！可是我之所以这样做，就是要使天下后世那些怀着异心侍奉国君的臣子感到惭愧！”

不久，正赶上赵襄子外出，豫让潜藏在他必经的桥下。赵襄子来到桥上，马受惊，赵襄子说：“这一定是豫让。”派人去查，果然是他。于是赵襄子就列举他的罪过指责他说：“你不是曾经侍奉过范氏、中行氏吗？智伯把他们都消灭了，而你不替他们报仇，反而托身为智伯的家臣。智伯如今已经死了，你为什么单单如此急切地为他报仇呢？”只听得豫让回答说：

> 夫君臣以义合。君待臣如手足，则臣待君如腹心；君待臣如犬马，则臣待君如路人。某向事范氏，止以众人相待，吾亦以众人报之。及事智伯，蒙其解衣推食，以国士相待，吾当以国士报之。岂可一例而观耶？

赵襄子喟然长叹！

豫让知道今天难逃一死，但仇怎么报呢？豫让请赵襄子把他的衣服脱下来让自己刺几刀当作报仇。赵襄子非常赞赏他的正义，就派人拿着自己的衣服给豫让。豫让最后用剑砍了赵襄子的衣服三刀以作为报仇的心意，然后说：“我可以报答智伯于九泉之下了！”之后饮剑自尽！

所谓良禽择木而栖，贤臣择主而事。士为知己者死，女为悦己者容。人生若如豫让，岂有恨乎？

离豫让的年代已有两千多年。虽然不再有（古代意义的）君臣，但领导者与被领导者，老板与员工，形式虽已改变，但上下的位阶依然存在，好处是只要员工高兴，可以随时离开老板，日后就算在街上遇见老板，也可以爱理不理。但若真的如此，不知可悲的是老板还是员工？

老板与员工要能契合，是要学豫让所说的“义合”还是学齐桓公的“三贵”？是要学AI Ries & Jack Trout 说的只是“找匹好马”而已，还是要选“士为知己者死”？相信读者也听得够多的了，那你是听或不听呢？

对于现代的我们来说，说的压力已减轻许多，起码不用再担心被抄家灭族。况且平民百姓就算说了也没用之后，他还可以自己创造机会当老板去听别人怎么跟他说呢。而曾经当过下属、后当高管或是老板的人，对说与听的感受，相信一定比生下来就只有听的命的人要体会更深。

要敢说才听得到

要让“说”的机制发挥出来，必须有一个鼓励说且不追究的环境，再加上“会听”的当事人（本书主要指领导层），有此两者，才能做到最佳领导与授权模式。

◎ 说是一种责任

组织机构会经常出现部属对领导的决定有不同意见（看法），或是更常见的资浅者与资深者之间产生冲突，那组织或领导人该怎么办？我们来看看罗马人是怎么做的。

公元前205年，西庇阿以30岁的年龄当选这年的执政官（当时执政官的年龄资格是要满40岁），西庇阿请求元老院让自己负责北非战线，但遭到费边的极力反对。

自坎尼会战大败以来，罗马一直采用费边提倡的持久战法。这一年他70岁，在元老院深受尊敬，拥有最高发言权。元老院有一种制度叫“第一人”制度，意思是位居其他人之上，费边就是这第一人。费边说话了：[2]

> 大家都说我反对西庇阿是因为我妒忌这位年轻的将军取得了辉煌战果。我声明，我没有任何理由妒忌比我儿子还要年轻的他。我反对他，完全是为国家利益着想。
>
> 作为执政官，西庇阿的任务应该是赶走长期盘踞在意大利的汉尼拔，而不是去非洲。尽管他说只要攻打北非，汉尼拔就会撤出意大利。但是，没有人可以保证这一点。你还年轻，可能不知道，在你还没出生的时候，我们有过沉痛的教训，远征非洲

2　盐野七生．罗马人的故事II：汉尼拔战记．计丽屏译．北京：中信出版社，2013：224-227.

惨遭失败。我们抛开年纪大小而让年轻的西庇阿担任执政官，是为了罗马，为了意大利，不是为了帮助他满足他个人的私心。罗马不需要英雄。我们首先该做的是恢复意大利的和平。去非洲作战，那是以后的事。

元老院内，反对西庇阿的气氛本就很强烈，经过费边这么一说，就基本定调了。反观西庇阿，这位年轻人走到议场中央，开始他的陈述：

费边以及元老院各位议员。首先，我丝毫不相信费边反对我是出于妒忌，而我丝毫也没有想要超越他的伟大。尽管我还年轻，但我已积累了丰富的战斗经验。正因如此，我认为，迄今为止成功的做法，就是在必要的时候应该进行变革，而现在就是这个时候。

五年前，就在这里，大家都同意了我的请求，没有一个人反对派我前往西班牙战场。与那时相比，现在的我又成熟了许多。可是，为什么大家要反对我呢？我不仅挽回了颓势，最终还实现了全面称霸西班牙。难道这样的战绩还不能令各位对我充分信任吗？

之前，是迦太基向罗马挑起战端。从今天起，应该由罗马向迦太基发起进攻。汉尼拔在意大利带给我们的伤害，我们罗马人要在非洲通通还给他。如果我们一味等待汉尼拔自我消耗，那我们究竟要耗到什么时候？要知道他现在只有41岁。

（30岁的年轻人又转向70岁的老人）

费边，正像您曾经忠告我的一样，早晚我会和汉尼拔交锋。但是这场交锋，不是在他发动攻击的时候。我要主动出击、引他出击，让他不得不与我展开会战。战场不应在意大利，而是在迦太基！

会场内出现了变化，但并没有呈现一边倒的态势。最后，双方达成一个折中的意见，既不伤害长者的体面，又不违背年轻议员们的变革意愿。西庇阿的任地定在西西里，如有必要，第二年可以进军非洲。一旦远征失败，责任就在他个人。

敢说的意义不在于敢不敢，而是鼓不鼓励说。敢说之后是责任的展现，不是只说不做。

◎ 任人与授权

把事情托付给别人的人依其做事的方式可分为两种：一是对所托付之事的人做出详细交代；二是将任务交给别人却不交代细节。

在《致加西亚的信》[3]这本薄薄的书里，该书作者阿尔伯特·哈伯德举出一个实例来说明，他心中认为接受命令者该怎样完成任务的最佳典范。

3 哈伯德．致加西亚的信．赵立光，艾柯，译．哈尔滨：哈尔滨出版社，2016.

1898年美国与西班牙发生争夺殖民地之战。当时美国总统麦金莱亟须一名合格的特使去完成一项任务，与西班牙反抗军首领加西亚将军取得联系。当时加西亚将军隐藏在古巴辽阔的崇山峻岭中，没人知道他在哪，但是美国总统必须尽快地与他建立合作关系。军事情报局长推荐了罗文中尉。于是，他们将罗文中尉找来，交给他一封信——写给加西亚的信。罗文中尉接过信后，并没有问："他在哪里？"

在孤身一人没有任何护卫的情况下，罗文中尉立刻出发，并且完成任务。哈伯德又举一个例子（虽然是他编的，但读起来却如同真人实境秀）：

此刻你坐在办公室里，有6位职员在等待工作安排。你将其中一位叫来，吩咐他说："请帮我查一查百科全书，把克里吉奥的生平做一篇摘要。"

（你猜）他会静静地回答："好的先生。" 然后立即去执行？

我（哈伯德）敢说他绝对不会，（相反地）他会用满脸狐疑的神色盯着你，提出一个或几个问题：

他是谁呀？
他去世了吗？
哪套百科全书？
百科全书放在哪？
这是我的工作吗？
为什么不叫乔治去做呢？
急不急？
你为什么要查他？

等他问完，你只会后悔不该叫他的！因为就在这段他问的时间中，你自己已经把工作给做完了。

对哈伯德而言，接受任务的典范是像罗文中尉这样的人。可笔者猜，对罗文中尉这样的人来说，指派任务的上级也应该是像他长官这样的人。这才会契合。

◎ 授权的极致

共和政体时代的古罗马规定，作为军队总司令官，一旦接受任务并开始执行后，元老院不得再向他发号施令，也不得对战略战术提出任何意见。在任一地点的作战方案，完全由总司令官决定。同时，罗马人（元老院）也不会追究战败责任，目的就是要让司令官可以放手贯彻自己的战略意图。[4]

此外，无论是提出或接受和谈，从和谈条件到谈判结果，也是由总司令官全权处理。一旦权力交给了前线的总指挥，本土的中央政府绝不插手。而国家最高决策机构需要做的只是对达成的和谈内容表示同意或反对，经由市民大会投票通过才能成立。（话虽如此，他们的决定几乎没有被否决过）这就是罗马式的授权。[5]

对照看看你现在所在的组织机构，再看看你同学朋友的

4　盐野七生．罗马人的故事Ⅱ：汉尼拔战记．计丽屏，译．北京：中信出版社，2013：50.

5　盐野七生．罗马人的故事Ⅳ：恺撒时代（上）．徐越，译．北京：中信出版社，2013：253.

组织机构，跟罗马时代已相距有两千多年，他们（我们）又是怎么授权的？会有多少“士为知己者死”的实例发生呢？

君臣脸谱

管理学有个“增强”理论。以此来对照历史上所谓的明主、昏君、贤臣、佞臣，不也很贴切地看出这四种角色是不断地经过“增强作用”而愈加强化他们的行为吗？本书试图对现代人提出建议，将之称为“人生进退地图”，要借用这四种类型的人做比喻。但表述之前要先做个声明。

史书对这四种人已有道德评断，所以才会有这四种“典型”。到了今天，这四种典型不再那么明确，况且在现代只要不作奸犯科，谁有资格去评价他人呢？但为表述显著的目的，本书仍借用这四种原型人物来做切入，只是最终结论不敢做道德上的论述。本书只是提出你想成为哪种人那你就去做吧，只要你认为合适就行。

现在先从原型人物说起。

◎ 明主/昏君

笔者还达不到博览群书的程度，只是将史上有代表性的资料做分析整理。首先整理出一些有名的所谓明主或是昏君。同样以对比为目的，将君主表现从1~10分做分类，一分在左，表昏君；10分在右，表明主。分类结果见表10-1。

表10–1　明主昏君

昏君 1分	2分	3分	4分	5分	6分	7分	8分	9分	明主 10分
	周幽王 周纣王	虞公 虢公		鲁桓公	郑庄公	齐桓公	秦穆公	晋襄公 唐太宗	
	周宣王			鲁庄公		齐景公	楚庄王		
	齐襄公		鲁定公						
				夫差 勾践					
				胡亥	秦王政				
			刘邦		项羽				

★ 原本没有极好与极坏，但有不好与不错，所以有2分的纣王与9分的唐太宗。

★ 夫差跟勾践原先也就是一般，所以都列为中间值。

★ 胡亥没继位前也没记载做了什么事，故不予置评。

★ 秦王政还知道为国做事，所以给6分。

★ 项羽起码还是贵族出身，就是做事狠了点，喜欢屠城，但打仗嘛，很难避免，所以给6分。

★ 刘邦就是一个流氓出身，所以给4分（还都高了）。

◎ 贤臣/佞臣

再来看贤臣与佞臣。依照同样的思考逻辑，将贤臣与佞臣整理在表10–2。

表10-2　贤臣与佞臣

佞臣1分	2分	3分	4分	5分	6分	7分	8分	9分	贤臣10分
		虢石父			祭足 孔子	申繻 宫之奇	施伯 先轸 晏婴	比干 左儒	
	费无忌	竖刁 易牙		卫鞅			管仲 百里奚		
	伯嚭				伍子胥	茅焦	申无畏		
	赵高					萧何 张良 韩信 范增			
								魏征	

★　赵高与魏征作对比，分别为2分与9分。

★　其他的评价自然是笔者的主观意见，读者可有自己的看法。

◎ 君臣脸谱

这些人物经过互动与增强作用，好的更好：如唐太宗与魏征相契、齐桓公与管仲相合；刘邦有众人相扶，所以建立了汉朝。但不好的却变坏：如项羽不能用人，以致乌江自刎；胡亥有了赵高，竟变得残忍暴虐。这些互动或增强或增负，笔者把他们的搭配取名为“君臣脸谱”，列在表10–3中。

表10-3 君臣脸谱

1分 A	2分 B	3分 C	4分 D	5分 E	6分 F	7分 G	8分 H	9分 I	10分 J
纣王/比干	周幽王/石父				郑庄公/祭足	鲁庄公/施伯	秦穆公/百里奚		唐太宗/魏征
周宣王/左儒		虞公/宫之奇					齐景公/晏婴	齐桓公/管仲	
							秦孝公/卫鞅		
		夫差/伯嚭		鲁定公/孔子	秦王政/茅焦				
胡亥/赵高			项羽/范增				刘邦/萧何、张良、韩信		

人生进退

有了表10-3的“君臣脸谱”之后，再结合第八章图8-2“君臣凹凸契合”，把这两个概念合在一处，笔者称之为“人生进退地图”，如图10-1。

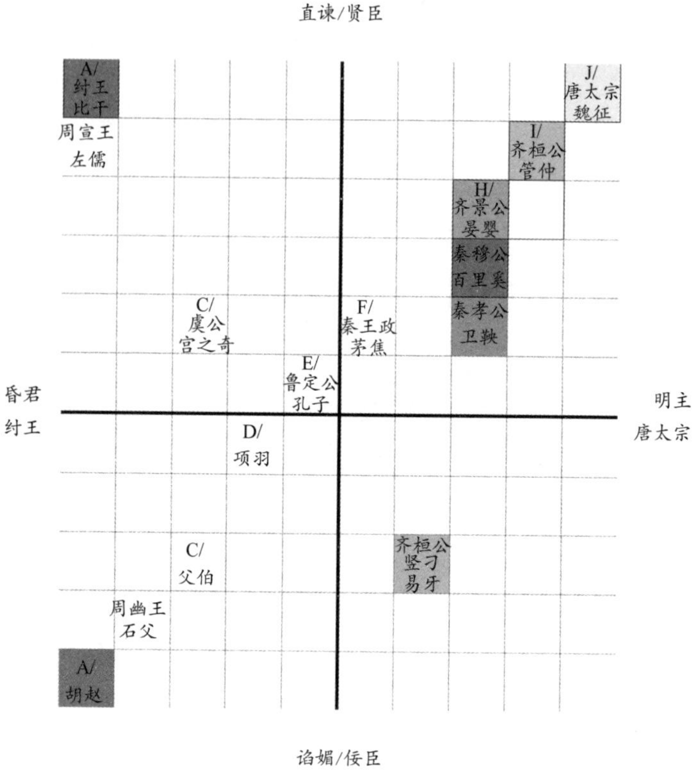

图10-1　人生进退地图

听或不听的后果可在此作一综合评述。

◎ 象限一：贤臣明主

若说者自认为具有贤臣的才能，那就必须找到愿意听取建言，也有宽阔胸襟能接受指正的明主。明主的需求主要在于为他的组织求得壮大与成长，所以明主也会为此而接受外来的说者。即使是家族企业在此时亦有可能求贤若渴，把高位留给有真才实学的外卿。想想管仲、百里奚跟卫鞅的故事会对说者有所启发的。

人一生不见得会那么幸运地遇此良机。若是遇到了，好好把握，专业人士有个能发挥的舞台不也很难得？何必一定要去创业呢？

须注意的是，说者的绩效难免会遇到边际效益递减，或是功高震主的情形，如同20世纪80年代美国福特汽车公司把当时的最大功臣艾柯卡给赶走的故事，[6]所以说者要自知何时“酒店要打烊”，若真到那时，就潇洒回家吧。

◎ 象限二：贤臣昏君

身为有才华的专业经理人，若是去到一家企业，在知无不言，言无不尽之后，发现其领导或是老板并无可取之处，或是原先明主老板要交棒给其家族人士，而接班者并非可造之才，那贤臣就有可能面对昏君。昏君只是一种描述（之前解释过用词是为凸显，并无真实用意），他或许与原经营人理念不合（这本身没对错），或许与大家个性不投机以致相处不融洽，但都会带来工作上的摩擦。毕竟与领导搭配也是一种个性的磨合，两人相处如同婚姻，不好说离婚是谁的错，就是不合适罢了。发生以上这些情况，即使是贤臣，也

6 作者注：艾柯卡（Lee Iacocca）在1970年成为福特汽车公司总裁。1978年，艾柯卡与亨利·福特理念不合，遭到福特解雇。同年，艾柯卡离开福特后，随即担任克莱斯勒汽车公司总裁，为克莱斯勒带来惊人的利润，并带领濒临危机的克莱斯勒从谷底再度崛起，写下汽车史上传奇的一页。

应当思考是继续奉献呢还是让新领导安排他自己的梯队，若是后者，你就扮演“传帮带”的角色，当个好教练吧，不必拘泥在“非我不可”的意念当中。时不我予，就退吧。想想比干、宫之奇与孔老夫子。

在这也给自认为有才的人士几个忠告。一个是这个时代已经不再是个人团队了。再强的人都要依赖团队才能成功，没有团队精神的人本领再高，周围的绿叶也会离他（她）而去。想单打独斗吗？那就只能当“二军”。看看职业运动篮球、足球跟美式足球你就能获得启发。

另外一个忠告就是少唱反调，除非你真的看到组织或团队走偏了，不然你怎能认定你一定是对的呢？就算与大家意见不一致，少头脑发热，试着与团队一起行动，说不定是你错了。当然，这个忠告不仅是给说者，对听者一体适用。

◎ 象限三：佞臣昏君

《人生定位》里有句话，说对待自己的老板，关键是奉承。如果能讨得老板欢心，要升职就容易得多。笔者不否认这话具有一定的正确性，且跟老板相处如果摆出一副你比老板还像老板的架势，你认为合适吗？这有简单的问题给读者，读者请快速作答：

★ 老板到你办公室找你说话，你是坐着说还是站起来说？
★ 跟老板搭电梯，你会先进还是后进？
★ 你会用手挡住电梯门让老板先进出吗？
★ 老板跟你出差手拿行李或公文包，你看到了要不要赶紧帮他拿？

这几个情境都还不算“谄媚”喔，如果连这些都做不到（拿包这事可以豁免），那你想升迁确实很难。

类似这些问题（情境），也是检验你的老板是多“明主”还是多“昏君”。如果他很在意这些事，那你要注意。如果他不在意，你还是得注意。什么是礼貌、什么是风度、什么是尊敬、什么是谄媚，其实并不难区别。不论贤臣佞臣都该有一定程度地尊敬老板，至于要不要谄媚，或说什么是谄媚，相信笔者吧，只要有人做出来，旁观者一定看得清的。试问，有人做了“指鹿为马”（赵高）的事别人会不知道？

◎ **象限四：明主佞臣**

人非圣贤；每个人都喜欢奉承话，只是程度不同罢了。

再说一个笔者当年在麦斯威尔咖啡工作时的一次经历。笔者有次陪着我们另一家合资企业美国通用食品在韩国的分公司CEO（韩国人）去台南统一企业总部（我们台湾的合资公司）拜访。当天晚宴，统一企业当时的总经理林苍生做东，同席有几位统一企业的高管作陪。过程都不必说。晚宴快结束时，只见林总抬个头，问一位旁边的高管，那位高管点个头，林总就宣布晚宴结束，还有，车子已经在门外等了！什么意思呢？就是这种“小事”，或说本是笔者该做的事（本人是在场最资浅也最年轻的），林总已经帮我做了。

在没发挥出专业才能时，偶尔做点小操作表扬你的老板或是让他得意一下也是你的“大度”不是吗？让人开心就当作是每日一善。贴心的事能显出一个人的细心，这无关谄媚。只是你如果只会这个，那你被取代的可能性将大幅提高，你的价值也仅此罢了。但笔者不否认任何人都需要有个宠臣在，或易牙、竖刁，或费无忌、和珅之流，这些人的存在，就是明主的罩门！因为他们（明主）也需要有人来填补他们的虚荣心。当年在念研究生时有一门课叫“管理心理学”，是吴静吉老师教的。有次老师说，有成就的老板最需要的，是“在会议中，一位清纯可爱美丽刚毕业的小女生，听这位老板说起他的丰功伟业时，眼中弹发出无比崇敬的眼神，于是就知道这位老板要有外遇了！”人人都有需要被满足被崇敬的小心灵。你我都不例外。

人生进退或许没啥学问，但也是历尽沧桑之后的心得体会。你不必操心你有没有机会展现你的才华，要操心的是有没有机会“说”。就算你有机会说了，听你说的领导“听进去”了吗？“听得懂”吗？值得为你大开绿灯、破格晋用吗？还是你说的“不过如此！”？

听或不听，有一定比例也是要看说与听的人其频道是否对路？若合，当然恭喜；若不合，也不必耿耿于怀。天下是无比地宽广，毕竟现今这个时代，机会是可以自己创造的，人生进退其实在于自己，别人听或不听不必太在意。

第十一章

独立思考

文章，经国之大业，不朽之盛事。

——曹丕《典论·论文》

写下《史记》与《资治通鉴》这两部巨著的司马迁与司马光，他们亲手写下一段段前朝往事，看尽多少进谏者进言之后获致听或不听的后果，有的布衣成卿相，也有的却是身首两异处。那要是换作自己遇到相似情境，他们应该生出更多警惕，小心谨慎或是闭口不言似乎是多数人会采取的处世方针。然而，真面临该说与否的时刻，闪出脑海的不是血迹斑斑的先行者教训，而是舍我其谁的勇气，是虽斧钺亦往矣。

莫道书生空议论

◎ 司马迁与《史记》

司马迁会有《史记》传世，与他在李陵降匈奴后替李陵说话以致遭受腐刑的刑罚密不可分。

汉武帝天汉二年（公元前99），汉武帝想让李陵为出酒泉击匈奴右贤王的贰师将军李广利护送辎重。李陵谢绝，并自请步兵五千涉单于庭以寡击众，汉武帝赞赏李陵的勇气并答应了他。然而，李陵行至浚稽山时却遭遇匈奴单于之兵，路博德援兵不到，匈奴之兵却越聚越多，粮尽矢绝之后，李陵最终降敌。汉武帝得知后大怒，群臣皆声讨李陵的罪过，唯有司马迁说："李陵侍奉亲人孝敬，与士人有信，一向怀着报国之心。他只领了五千步兵，吸引了匈奴全部的力量，杀敌一万多，虽然战败降敌，其功可以抵过，我看李陵并非真心降敌，他是想活下来找机会回报汉朝的。"然而，公孙敖迎李陵未功，并谎报李陵为匈奴练兵以期反击汉朝。那汉武帝听谁的？他听司马迁的吗？不听！不但不听，之后汉武帝还诛了李陵全家，而司马迁也以“欲沮贰师，为陵游说”被定为诬罔罪名。诬罔之罪为大不敬之罪，按律当斩。

面对大辟之刑，慕义而死，虽名节可保，然书未成，名未立，这一死如九牛亡一毛，与蝼蚁之死无异！于是，司马迁毅然选择了以腐刑赎身死。至此，司马迁背负着父亲穷尽一生也未能完成的理想，面对极刑而无怯色。在坚忍与屈辱中，完成太史公的使命，以成《史记》。

司马迁会不知道汉武帝对投降匈奴者会做何处置？司马迁会不知道落井下石的人正虎视眈眈？司马迁自以为能左右汉武帝心意？司马迁不知道此时为一投降叛徒说话会导致多可怕的后果？太史公一定心知肚明。可即便如此，司马迁还是敢犯龙颜为他人进谏。他为的是什么？不就是把史官秉笔直书的本性发挥出来吗？他做到了他的本分。

◎ 司马光与《资治通鉴》

下面用列表方式把司马光及相关者政坛重要经历做一整理（表11-1）。

表11-1　司马光及相关者政坛重要经历

时间	重要事项	后续结果
皇祐五年（1053年）	任殿中丞，专任史官 庞籍被罢宰相职，降为户部侍郎	
嘉祐元年（1056年）	连写三封奏折，建议仁宗帝立储君，但这一切均未说服仁宗	司马光选择了沉默

（续表）

时间	重要事项	后续结果
嘉祐元年（1056年）	将军郭恩，出击西夏大败而自杀。朝廷审理此案，庞籍一人承担了责任。司马光则向皇帝连奏三状奏明庞籍是听了他的意见，说明庞籍完全是出于“欲为国家保固疆域”的本心，“发于忠赤，不顾身谋”，因为“过听臣言，以至于此”，应当“独臣罪，以至典刑”。而庞籍得知司马光要为自己辩解时，就又上奏章，引咎自归，请求免除司马光之罪	司马光没有受到任何责罚
嘉祐三年（1058年）	多次上书仁宗解决继嗣的问题，仁宗觉得司马光是真心为国家社稷考虑，遂将奏折转至中书省	赵曙被立为皇太子
嘉祐八年（1063年）	仁宗驾崩，赵曙即位。两宫矛盾加剧，司马光看到这种情况，力陈国家当务之急应君民同心、内外协力的道理，又写了两封奏章，一封给皇太后，一封给皇帝。在奏章中，讲历史，摆利害，晓明大义，从全局出发，苦苦相劝，终于得到效验	英宗的病情也有所好转，使太后和英宗的矛盾趋于缓和
治平元年（1064年）	司马光上奏，朝廷不予采纳，他又要上殿面见英宗。英宗这次略有所动，并把上殿札子送中书省和枢密院商量，但一经商量，方知此事拟议已久，难以更改。他又连上六疏，并和宰相韩琦进行辩论，韩琦虽然无言以对，但手中有权，司马光也拿他没办法	谏言失败后，司马光连上五状，要求降黜
治平二年（1065年）	司马光因对谏官彻底失望了，借机连上三状，要求不当谏官	英宗批准他免去谏职，仍进龙图阁直学士
治平四年（1067年）	英宗病死，赵顼即位。欧阳修极力向神宗推荐，说司马光“德性淳正，学术通明”	神宗任司马光为翰林学士，不久，又任司马光为御史中丞
熙宁二年（1069年）	神宗重用王安石为参知政事，主持变法。王安石颁发“青苗法”	司马光表示不同意见

（续表）

时间	重要事项	后续结果
熙宁三年（1070年）	擢司马光枢密副使，司马光以“不通财务”“不习军旅”为由，坚决推辞	自请离京
熙宁四年（1071年）	他看到他的好友范镇因直言王安石“进拒谏之计”“用残民之术”而被罢官	司马光愤然上疏为范镇鸣不平，自己退居洛阳，绝口不论政事，继续编撰《资治通鉴》，时间长达15年
元丰七年（1084年）	《资治通鉴》全部修完进给神宗帝。神宗帝十分重视，将书的每编首尾都盖上了皇帝的睿思殿图章，以其书“有鉴于往事，以资于治道”，赐书名《资治通鉴》，并亲为写序	
元丰八年（1085年）	神宗病死，年仅10岁的赵煦继位，是为哲宗。司马光上书新法必须废除 皇太后下诏起用司马光。司马光向皇太后进言，为了实现废除新法的政治主张，把因反对新法而被贬的刘挚、范纯仁、李常、苏轼、苏辙等人召回朝中任职	司马光上表请求辞位。但皇太后对他很倚重，不但不准辞位，反下诏除授尚书左仆射兼门下侍郎，正式拜为宰相。接着很快就废除了免役法、青苗法。司马光终于完成了自己的夙愿，实现了自己的政治主张
元祐元年（1086年）	司马光因病逝世，享年六十八岁，被追封为太师、温国公，谥号文正	

在王安石出现之前，司马光秉持谏官职责，多次不为皇帝所听，但司马光从不怯懦。等王安石变法，司马光依旧是有话直说，然而不为上位者所听，故退而著书立说，遂成《资治通鉴》。等终于有机会施展抱负，已过了人生的青春岁月！不到一年，司马光病卒。司马光虽辞了谏官一职，但

他展现的永远是谏官该说则说的风骨。他也是尽他的本分。

◎ 尽职亦是专业

“尽本分”这件事，似乎在现代社会都已为人所忽视。“Do Your Job”这句话，在大家的工作说明书（Job Description）中也没见描述。我们可以看到：公司要求把业绩做到不然没奖金、没升迁；把表格完成、把报销的单据整理好贴在左上角不然不给报销且过了期限是真不给报销；说明书上要求大家要主动积极工作，但没说清楚是对谁主动、对谁积极，也不说主动积极些什么。工作说明书还要大家主动提出工作建议，却没说到哪一阶层就够了，再往上就不是该你说话的份了。（华为不是发生过入职一年不到的小伙子给任正非上万言书被撤职的事？）那什么是现代社会打工者与领导者应尽的本分呢？

说说在下吧。笔者有好多次被开除的经历，举两个为例。

一次是笔者在台湾一家乳品公司工作。有天看到一份由人资部转给各部门主管的公文，内容是：“鉴于公司新年度策略计划，总经理有列出年度使命与目标，公司上下同仁必须熟读，于几日后公司会开始抽问，以部门为单位进行部门绩效评比。”

看完这公文，当场不动声色，照签如昔（部门主管看过要会签），但笔者可是满腔怒火。

到了下周一上午，是董事长、总经理与各部门主管开例行周会时间。等该讨论的讨论完之后，是临时动议时间，在下举手了：

我："我有个提议。建议把总经理写的策略计划、使命与目标印出来，发给公司全体同仁，每天上班前都要先默念再抽问，答不出来的自己下班要加强熟读。"

只见总经理望着我说："你怎么会有这个提议？"

我："因为上周看到一份公文，意思跟这差不多，所以建议这样做才会记得住。"

总经理就说："什么公文？他怎不知道？然后人资部主管赶紧说是朱经理误会了，不是这意思，只是希望大家能更加有团队意识。"

我又开口了："不管什么意思，就是这个意思。总经理，你希望打造的公司文化是去背你写的计划使命宣言吗？这个事情我上次做是在服役时部队要求把总长写的教战守则给背熟，并且还要考试。军官们个个私下骂声一片。难道总经理你是要这种情况发生？"

总经理："这件事我要去了解，但我先说我绝没这个意思，也不知有这份公文。这公文等下给我看看，也先不执行。"

会后处理是这样：（依先后次序）

★ 走出会议室，有人给我比个赞；

★ 人资部经理立马来我办公室跟我说我误会了等等；
★ 这公文日后无声无息，不了了之；
★ 公司再也没人提这事；
★ 过了几个月又发生一件其他主管私下抵制我部门的事，我一样在会议室抖出来；
★ （过了一周）笔者被解雇。

笔者另一次被解雇是笔者去负责一个新产品开发项目。这个新产品类似胶囊咖啡机的概念：一个主机器，使用时把一个胶囊装的豆浆粉置入，就可轻松做出一杯热豆浆。考虑到网上购物习惯，网友习惯看到价格折让，机器主体上市会分别露出原价、定制款价、首发价，但实际价格仍以599元人民币推出（含12个料杯赠品）。首发时，也会设计不同的套餐门槛，原则上是以豆浆料杯补贴机器，以提升购买意愿。

计划初步完成，我先去跟部门成总经理汇报。他的想法是可以认同，但怕599元太低，把价值给弄低了。他建议卖699元，说“多100块消费者不在乎的”。我们谁都无法证明价量曲线的答案，就暂定699元作为每台的零售价。

之后要去向集团副总裁汇报。我把原先599元的价格逻辑解释一番，再把成总要加上100元的道理也做陈述。副总裁作的裁示是：卖799元。理由之一：要维持基本毛利水平；理由之二：消费者不会在意多100块的。即便我们提出这是新产品，消费者还不知道它是什么，且不是只买机器就结束，消费者日后还要买耗材才能使用，这是新品的双重门槛。如果要机器跟耗材两个都赚，那就一定是缓慢普及。时间因素对料杯的保质期又不利，又不可能少量生产，所以把机器价格降到最低水平，让耗材来补贴，这才是最佳模式。

我们陈述完看法，但无法改变副总裁的决定。她始终认为不应该卖这么便宜，因为公司其他豆浆机产品毛利起码有45%，对这个新产品已经不要求第一年就要赚钱，但毛利不能低于35%的水平！

至于其他问题没有做深入讨论，看来还会有许多次报告机会的。副总裁只交代一声“把大概计划与销售部门的朱总沟通沟通，听听他的意见”。

把营销4P向管销售的朱总汇报，别的都没问题，就是价格有意见。他认为这么时尚的产品卖1000元以上都可以，但他说出一个具体数字叫我们认真考虑：899元！他认为才比799元多100元，消费者不在乎的。

“朱总，”我忍不住地说，“这价格从599元到699元，到799元，现在又到899元都是同一个理由，可是从599元变成899元，消费者总有感觉了吧！”“我只是建议，”朱总也笑了，“你们项目组斟酌决定吧。”走出来后我对我的产品经理说：“看来要我们做决定不太可能。”

确实如此。没隔几天，总裁秘书传话来，说副总裁跟总裁说了我们的计划，在得知定价后，认为我们定太低了，秘书叫我们去总裁办公室跟他汇报一下。这可真出乎我的意料，只得去了，还能怎么办！

总裁问了问目前进度，简单汇报后我就单刀直入谈定价问题。其实我的立场始终如一，这是经营模式的选择：先普及机器才会有后续，就跟早期传真机、打印机一样的道理。且这是联合销售的问题，购买者不是只买机器，他们还要买料杯，料杯的价格其实不低，如果机器也卖高了，对新产品来说障碍一定是双重的。至于到底该定多少价钱这问题，因为没人能算出供给跟需求曲线，只能凭个人感觉。1000元以上绝对不可行，599~799元之间我也提不出数字来证明销量会是多少！如此云云。总裁听了，沉默一下："那就799元吧。"这就是机器最终的定价。

其间有两次上市活动，细节在此略过。两次上市的销售量都远低于我们的预料！大家认为是价格导致的。之后开了几次检讨会，笔者愈发觉得，意见都不被众领导采纳，而我也在第二次上市活动结束三个月后被请出了公司。离开公司一个月后，有一次我禁不住好奇想看看它的动态，于是上了官网，看到："特价——每台499元。"

综合这两次经验，只能说笔者赌输了！

面对千万人

说者与听者的位阶始终不对等，有时会让说的人更畏惧，但有时说的人却更大胆。

之所以（更）畏惧，是因为说的人几乎没有权力，而听的人却拥有极大的权力，譬如平民百姓对官僚、小官对帝王，以及小民对帝王！所以要使手中无权的人敢于对掌握权力者说出上位者不愿意听的话，这就需要勇气，且是极大的勇气。这不仅是在古代，现代也一样。因为权力不对等，上位者对说的人所说的话是否愿意听都成一个问题！蔑视、诋毁与用权力逼迫说的人屈服，从古到今一直如此。所以，“听或不听”这时反而变成听的人拥有的特权，而他们原本的义务如今竟成了给人民的施舍！看一个古罗马皇帝哈德良的事例。[1]

> 有一次为了举行祭祀仪式，哈德良皇帝走在前往神殿的路上，途中被一个女人拦住，说要向皇帝请愿。哈德良皇帝回答说：“现在没有时间”，准备继续前行。那个女人于是对着他的背影喊了起来：“既然这样，你没有权力统治我们！”
>
> 听到此言，哈德良转身回到这个女人身边，听取了她的陈述。

哈德良皇帝差点忘了听取老百姓的意见也是他的本职工作之一。

那何谓“说的人更大胆”？当面对举国皆曰“王莽是贤士”的时候，还有谁会站出来说他是伪善呢？当掌握一个社会的思维、政治甚至科学学术殿堂的体制出现，这个体制是否变成一个庞然大物以致他们（还不知谁是具体的对象）可以任意宣称他们想宣称的，压制他们的异己，扼杀他们所不能接受的言论，以及摧毁那些微乎其微只不过想表达

1　盐野七生．罗马人的故事IX:贤君的世纪．计丽屏译，北京：中信出版社，2013：260.

意见的弱小势力！希特勒当权时迫害犹太人，我们极少看到有谁（德国人）挺身而出说他们是错的，因为体制使人噤若寒蝉。当说的一方变成掌握权力的多数，听的人反而是弱势时，国家势力、体制压力等等都会让人听不到第二种声音。幸好乔治·奥威尔的预言只是预言！

见解不同，可以选择直谏，可以默不作声，也可以同流。至于怎么选择，全凭个人。说者对听者，是少数对多数，还是反过来，多数对少数？事情尚未发生时，说一句“虽千万人吾往矣”容易，等真要做出行动时，多数人却是选择明哲保身。在欧洲还是宗教统摄一切的时代，想发表自己的“科学”言论都是无比艰难！

自公元2世纪以来，认为地球是宇宙中心的“地球中心说”是当时欧洲（人）所认同的。从13世纪到17世纪左右，地心说也一直是天主教教会公认的世界观。天主教会就借助这个理论，说上帝创造了地球，并让它居于宇宙中心，日月星辰都是上帝创造出来用于点缀宇宙的装饰品。这个理论被教会奉为金科玉律。谁都不敢不服从，直到公元1543年欧洲的文艺复兴才有人提出不同的主张。

文艺复兴时期波兰著名的天文学家尼古拉·哥白尼（1473—1543），在1543年提出太阳才是宇宙中心的说法。他早在1506—1515年间已经写成“太阳中心学说”的提纲——《试论天体运行的假设》，可是这书却直到1543年他临终时才出版。1543年5月的一天，当拿到这本书时，他已经瘫痪在床一年多了，他只摸了摸书的封面，便欣慰地闭上了眼睛。在他生前，他不敢把他的“想法”公开，他在书中的“序言”里说：“在漫长的岁月里，我曾经迟疑不决。”哥白尼为什么会迟疑不决呢？因为他害怕教会对这一新兴科学理论的迫害。他的太阳中心说的创立，从根本上纠正了“地球中心说”，揭穿了宗教神学的谎言。哥白尼知道，他的太阳中心说必将给封建教会以沉重的打击，必将暴露上帝创造世界说法的荒谬。所以他踌躇了很久，直到他已是69岁的老人时，才同意将他的《试论天体运行的假设》出版。他当时所需要的也许是勇气，是“虽千万人吾往矣”的勇气，但这些话始终是说来容易！即使哥白尼死后，“宗教神科学”依然在发挥它的威力。

伽利略·伽利雷（1564—1642）是意大利天文学家、物理学家和工程师。他公然提倡日心说，就遇到了哥白尼所畏惧的当时天文学家的反对，也包括天主教会。此事由罗马宗教裁判所在1615年调查，得出的结论是日心说“在哲学上是愚蠢而荒谬的，由于在许多地方与教皇统治明显矛盾，因此形式上是异端的”。他在软禁中度过了余生。

随俗与恶俗

笔者曾在台湾参加过一家直销公司的三天活动。会场上不外乎有许多已获得“成功”的直销商上台讲述自己从完全不信任这家公司到今天彻头彻尾地膜拜他们的亲身经历。对，是膜拜没错，尤其是很多参加活动的人对母公司来的美国总裁所表现出的举动跟膜拜没啥两样。另外一类上台演讲、表演的是这家公司的工作人员，从IT人员到营养师，从产品经理到总经理，从台湾公司到美国总部。最令笔者感到困惑的是，在轮到这些工作人员做报告演示时，他们每个人都毫无例外会提到“这是一家多么棒的公司，能成为这家公司的直销商真是世界上最棒的工作了，他们为这些直销商的决定感到无比骄傲（此类话术）。”笔者好几次想冲上台去对他们说，如果我相信你们说的这是最棒的工作，那你们天天接触，怎么不去做直销商还在这赖着只会给人做报告呢？

保持独立思考，冷静且谨慎地做出决定。要谨慎地说也要谨慎地听。有颗温暖的心，但也要搭配一个冷静的脑。个人应对随俗产生警惕，因为当我们听不到不同意见时，也很快会看到不同意见的消失。当我们听到一群人说同一件他们相信的事时，我们是否别无选择也要相信？当我们看到被一群人奉为先知领袖的人出现，我们是否也变成他的追随者？

当再也听不到不同意见时，就该提醒自己是谁扼杀了让说者畅言的机会。一旦随俗变成恶俗，“有遂无格”就近在眼前。到时候听或不听，也许也就不再重要！